HEYNE BÜCHER

SCIENCE FICTION

Herausgegeben
von Wolfgang Jeschke

Ein Verzeichnis der von WOLFGANG JESCHKE publizierten bzw. herausgegebenen Heyne-Bücher, finden Sie am Schluß des Bandes.

Science Fiction WARP 7 zum Kennenlernen

herausgegeben von
WOLFGANG JESCHKE

WOLFGANG JESCHKE

OSIRIS LAND

Roman

WILHELM HEYNE VERLAG
MÜNCHEN

HEYNE SCIENCE FICTION & FANTASY
Band 0607026

Das Cover und die Illustrationen im Text sind von
TIBOR SZENDREI

Dieser Roman erschien erstmals
im Heyne Taschenbuch
in der Anthologie ARCANE,
hrsg. von Helmut Wenske
und Wolfgang Jeschke,
mit der Nummer 0603970

Umwelthinweis:
Dieses Buch wurde auf
chlor- und säurefreiem Papier gedruckt

Redaktion: Friedel Wahren

Printed in Germany, Juli 1997
Umschlaggestaltung: Atelier Ingrid Schütz, München
Technische Betreuung: M. Spinola
Satz: Schaber Satz- und Datentechnik, Wels
Druck und Bindung: Elsnerdruck, Berlin

ISBN 3-453-12823-0

für Julian und Rosemarie

TUTENCHAMUN

Ich habe die Vergangenheit gesehen.
Ich kenne die Zukunft.

Inhalt

1	Master Jack	Seite 11
2	Das Labyrinth	Seite 25
3	Die Grenze	Seite 49
4	Der Fluß	Seite 61
5	Das Gespinst	Seite 81
Epilog		Seite 107

1 MASTER JACK

It's a strange, strange world
We live in,
Master Jack…

Er kam den Schari herab, von Mittag her, aus dem Lande der Lagone und Bagirmi, und führte drei Pferde mit sich, von denen er zwei als Packtiere benutzte. Das dritte, eine kleine braune Stute mit weißen Blessen und samtdunklen Augen, ein schönes Tier, ritt er.

Es war am Îd el-Kebîr, dem Bairam, ich weiß es noch, als wäre es gestern gewesen: Ein heißer Vormittag; es roch nach warmem Blut und Innereien, nach frischgebackenem Brot. Am Morgen hatte man vor allen Häusern und Hütten Hammel geschlachtet, selbst vor den Hütten der Ärmsten, denn der König, Allah sei ihm gnädig, hatte an sie Schlachttiere verteilen lassen, damit niemand in der Stadt zur Feier des Osterfestes ohne Braten sei. Die Männer hatten sich seit dem frühen Morgen schon am Laqbî gütlich getan, waren fröhlich, einige sogar schon angetrunken. Da kam der Fremde durchs Südtor in die Stadt geritten.

Annur, der Barbier, brachte die Nachricht. Trotz der Hitze hatte er sich die Melefa eng um die Schultern geschlungen. Sein zahnloses Lächeln erstarrte zu einer Grimasse, während er sich die lange Nase rieb, die kleinen Äuglein jedoch – quicklebendig von Neugier und Laqbî – blitzten im braunen faltigen Gesicht unterm ausgebleichten, einst roten Tarbûsch.

»So, so, ein Hellhäutiger«, sagte mein Vater bedächtig, legte Messer und blutige Leber neben den abgetrennten Hammelkopf auf die Bank links der Haustür und wischte seine großen Hände an der blutfleckigen Schürze ab, die er sich vor den Burnus gebunden hatte, fuhr sich mit dem Unterarm über die schweißbedeckte Stirn. »Ein reisender Arzt?«

»Kein Tabîb«, sagte Annur und taxierte mit flinkem Kennerblick unseren Hammel. »Er behauptet, ein Gelehrter zu sein, eine Art Sterngucker.«

»Sterngucker?«

Der Barbier hob die Schultern und schnob. »Auf jeden Fall kommt er tief aus dem Süden, wo es nicht nur Schwarze gibt, sondern früher auch Weiße gegeben haben soll.« Annur schniefte und spuckte auf den frischgefegten Lehmboden vor unserer Hütte, was ihm einen strafenden Blick meines Vaters eintrug. »Sicher ein Ungläubiger«, fuhr er verächtlich fort, ohne von unserer Mißbilligung Notiz zu nehmen. »Zur Zeit Hassans hätte man solchen – pah! – Gelehrten das Betreten der Stadt untersagt oder ihnen gleich den Kopf abgeschlagen und ihn zur Abschreckung ans Stadttor genagelt.«

»Reden führst du am Osterfest«, sagte mein Vater tadelnd. »Die Zeiten Hassans, da man jeden Hellhäutigen steinigte oder henkte, ob Mutant oder nicht, sind – Allah sei Dank – vorbei. König Ahmed ben Brâhîm ist ein guter Herrscher. Er hat mir einen fetten Hammel geschenkt.«

»Wahrhaft ein schönes Tier«, gestand der Barbier – ein bißchen Neid in der Stimme, weil er zu den eher Begüterten gehörte und deshalb seinen hatte selber kaufen müssen.

»Wo ist der Fremde, Annur?« fragte ich begierig, denn ich hatte noch nie einen hellhäutigen Erwachsenen gesehen.

»Er lagert in der Karawanserei und wurde von den Stadtwachen in den Königspalast gebracht.« Zu meinem Vater gewandt, sagte er: »Er scheint kein Mutant zu sein, wie eine erste unauffällige Untersuchung ergab. Wenn er aus dem Palast kommt, wird man mehr wissen.« Annur wiegte zweifelnd den Kopf. »Vielleicht sagt er tatsächlich die Wahrheit und kommt nicht aus den Totenländern des Nordens, sondern aus dem Süden. Wir werden's erfahren. Aber ein Ungläubiger ist er allemal.« Mein Vater blickte Annur fest an, bevor dieser abermals auf den Boden spucken konnte. Der Barbier verkniff seine faltigen Lippen zu einem schmalen Strich und beließ es bei einem bekräftigenden »Allemal!«

Ich rannte in Richtung Karawanserei davon, um einen Blick auf den geheimnisvollen Fremden zu erhaschen.

Die Sonne lag hell über dem Hof. Als erstes sah ich die Sättel und Packtaschen, die in der Nähe der Ställe lagen. Hazâz saß auf einer Matte aus Palmblättern im Schatten und flickte einen Kamelsattel. Mit flinken Bewegungen, die man seinen mächtigen Händen gar nicht zutrauen mochte, stach er mit der Ahle Löcher in das alte abgewetzte Leder. Er winkte mir zu und fuhr sich mit dem Finger unter sein gehäkeltes Taqîja aus Baumwolle, das er stets auf seinem kahlgeschorenen Schädel trug.

Abárschi und Sliman, die bekanntesten Herumtreiber in der Stadt, hockten hinter dem Gepäck des Fremden, zupften wie unabsichtlich an Riemen und Schnallen und blinzelten betont gelangweilt in die Sonne.

»Finger weg!« knurrte Hazâz, ohne die geteerte Schnur mit den Zähnen loszulassen.

»Er ist ein hellhäutiger Teufel«, gab Abárschi zu bedenken. »Wer weiß, was er uns für Krankheiten einschleppt!« Sein vom Star geronnenes Auge starrte anklagend auf die staubigen Lederbehälter des Fremden, als vermöchte er ihren Inhalt auf geheimnisvolle Weise mit einem verborgenen Sinn zu erahnen, während das andere geduckten Blicks begehrlich umherhuschte.

»Dann laßt erst recht die Finger davon«, erwiderte Hazâz, während er den Faden durch die Löcher zog und mit dem hölzernen Griff der Ahle festklopfte.

»Hüte dich vor dem Getier, das von Mitternacht kommt, sagt der Prophet. Es ist krank und birgt unsichtbar schleichenden Tod«, verkündete Sliman mit düster umwölkter Stirn, kraulte sich den weißen Bart, der ihm wie gezupfte Baumwolle ums Kinn hing, und blickte so gelehrt, als sei er drauf und dran, sich in einen Marabu zu verwandeln.

»Das hat nicht der Prophet gesagt, du Schlitzohr«, entgegnete Hazâz, »sondern einer dieser geifernden Wanderprediger, die uns Jahr für Jahr heimsuchen, die Seelen der Menschen vergiften und sich schamlos an unseren Taschen gütlich tun. – Außerdem kommt der Fremde nicht aus dem Norden, sondern aus dem Süden.«

»Der Teufel hat viele Wohnungen, sagt der Prophet«, verkündete Sliman sorgenvoll und wiegte zweifelnd den ausgeblichenen blauen Turban. »Allahs Zorn wird alle zermalmen, die wider sein Gebot handeln, wie die Krokodilpeitsche den Skorpion zermalmt, der den Stachel reckt.«

»Dann nimm dich in acht, Sliman. Man könnte dich leicht für einen halten, wenn du nicht deine giftige Zunge im Zaum hältst.«

Sliman schnaubte verächtlich und hockte sich neben Abárschi im Schatten nieder. Das Lärmen der Zikaden in den Palmen im Hof der Karawanserei war wie ein anhaltender metallischer Schrei. Irgendwo unterm Dach der Ställe gurrten Tauben, und man hörte das Schnauben der Pferde, mit denen der Fremde gekommen war.

»Beschîr«, sagte Hazâz, »hast du heute, am hohen Feiertag, schon eine gute Tat vollbracht?«

Ich blickte ihn mißtrauisch an, wußte nicht so recht, worauf er hinauswollte. »Nein«, sagte ich dann zögernd.

»Dann füttere die Pferde. Getränkt habe ich sie schon.«

»Wie heißt er?« fragte ich.

»Jack Freyman. Man nennt ihn Master Jack.«

Ich ging in die Küche und setzte Tee auf, dann gab ich den Pferden Hirse und Heu und bürstete sie. Zecken hatten sich im Fell eingenistet, und an den Beinen waren Wunden von Blutegeln, wie bei allen Tieren, die aus dem feuchtheißen Süden kamen.

Als Hufgetrappel zu hören war, eilte ich hinaus in den Hof. Sie brachten den Fremden. Eine königliche Eskorte, der Wezir persönlich. Er ritt an der Seite des Fremden unter einem Baldachin, der von vier Sklaven getragen wurde, flankiert von sechs Reitern der königlichen Garde in voller Rüstung auf Pferden im blauen gesteppten Wattepanzer, die geschlitzten Spitzen der Schnabelschuhe in die Steigbügel gehakt. Die Visierstangen der Helme blitzten um die Wette mit dem silbernen Zaumzeug und den polierten Messingplatten an Kopf und Hals der Pferde. Sie boten einen prächtigen Anblick.

Das Aussehen des Fremden enttäuschte mich. Ich hatte vorher schon Weiße gesehen, junge Eunuchensklaven, wie sie Barbiere von den gesunden Flüchtlingskindern machen. Dieser Mann aber war fast so dunkelhäutig wie ein Tuarîk, mittelgroß und kräftig. Mit seinem schwarzen Turban, der sein Haupthaar verhüllte, und seinem schwarzen Bart sah er eher aus wie ein Händler aus dem Westen, doch als er näher ritt und abstieg und sein Blick mich streifte, sah ich, daß seine Augen von einem Blau waren wie der Quell einer Oase, in der sich der Mittagshimmel spiegelt.

Die Gardisten lösten ihre Schuhe aus den Steigbügeln,

schwangen sich von ihren Tieren und stießen ihre Lanzen in den Staub des Hofs. Einen von ihnen kannte ich: Chalîlu, er wohnte nicht weit von uns, aber er schien mich nicht wahrzunehmen und stierte geradeaus. Der Schweiß rann ihm unterm Helm hervor und in die dicke Baumwollrüstung, und auf seinem runden Gesicht war eher ein Ausdruck von Blödigkeit denn von Würde.

Hazâz verneigte sich vor dem Wezir, der ein Schriftstück hervorholte und zu lesen begann.

»Im Namen Seiner Majestät des Königs, unseres Herrn, ergeht folgender Befehl: Jack Freyman Effendi, reisender Gelehrter aus dem fernen Lande Zimbabwe und Gast des Königs, erhält aus Seiner Majestät Herde ein Bischahri-Kamel als Reittier sowie drei Packtiere bester Zucht, ferner erhält er einen wegekundigen Führer und einen Treiber, die ihn nach Darfur begleiten, ihn schützen und ihm zu Diensten sind. Auch sie erhalten Reittiere aus der königlichen Herde. Ferner erhält er aus den Beständen der Karawanserei Vorräte für vierzig Tage: Datteln 40 Pfund, Hirse 30 Pfund, Zucker 6 Pfund, Tee 5 Pfund, Salz 2 Pfund ...«

Ich musterte den Fremden unauffällig. Er trug eine weiße Tobe, wie sie im Süden getragen wird, und eine ungewöhnlich geschnittene Hose aus hellgrauem Tuch, die von einem Gürtel gehalten wurde, in dem zwei Messer steckten, und über zwei halbhohe Stiefel aus glattem Leder fiel. Am Schulterriemen hing ein Köcher mit kurzen Pfeilen aus Metall. Als er abstieg, löste er mit flinker Bewegung eine Waffe vom Sattelknopf, die wie ein kurzläufiges Gewehr und zugleich wie ein Bogen aussah. Ich erfuhr später, daß man sie eine ›Armbrust‹ nannte und daß man mit ihr genauer schießen konnte als mit manchem Gewehr, von Bogen ganz zu schweigen.

Als er mir sein Gesicht zuwandte, sah ich, daß sein

schwarzer Vollbart an den Wangen und um die Mundwinkel schon ergraut war. Sein Gesicht hingegen wirkte jung. Wie alt mochte er sein? Vierzig oder schon älter?

»Master Jack Effendi«, sagte ich.

Er zögerte und blickte mich prüfend an.

»Ja?« sagte er.

»Gib mir dein Pferd. Ich werde es versorgen.«

Er reichte mir die Zügel.

Und so kam es, daß Hazâz selbst vom König auserwählt wurde, Master Jack nach Osten zu führen, und ich, der ich Hazâz schon oft als Treiber begleitet hatte, durfte mich ihnen anschließen.

Oh, welch eine Reise sollte dies werden! Sie führte uns durch das Land des Todes bis an den Rand der Welt – und Master Jack darüber hinaus.

Aus dem Tagebuch von Master Jack *29. März 2036*

Kotoko am Tschadsee ist erreicht. Die Brüder von Fort Sibut hatten recht, es ist für einen Weißen lebensgefährlich, sich nördlich des Niger sehen zu lassen. Aber das ist südlich des Sambesi nicht anders. Wie könnte man dies den Menschen auch verübeln? Die Weißen haben ihre Welt vernichtet, sich einen spektakulären Abgang verschafft. Daß sie dabei zahllose andere Völker mit in den Tod nahmen und unsägliches Elend über sie brachten, interessierte sie nicht. Soll ich also Dankbarkeit erwarten?

Und doch finde ich überall Menschen, mit denen man vernünftig reden kann, Häuptlinge, Stammesfürsten, Herrscher, vernünftiger womöglich als mit den Politikern und Herrschern unserer Rasse, die sich gegenseitig eine aufwendige Feuerbestattung bescherten.

König Ahmed ben Brâhîm ist etwa in meinem Alter. Er ist von natürlicher Würde, hat Humor und eine schnelle Auffassungsgabe. Er fragte mich nach meiner Reiseroute, und ich zeigte ihm anhand einer Karte meinen Weg vom Mt. Darwin nach Norden, ins ehemalige Sambia hinein, den Lualaba hinab und den Kongo, den Oubangui und den Tomi hinauf, an den Ruinen von Dekoa und Fort Lamy vorbei und den Schari herab, die große Westumgehung der Länder des Todes. Er legte seine Hand darauf, wo zwischen Juba und Djibuti, zwischen Asmara und dem Victoriasee die Bomben gefallen waren im Kampf ums Horn von Afrika.

Er erkannte sofort, daß auf der alten Karte der Tschadsee größer eingezeichnet war, als er es heute ist. Die Auswertung der letzten Satellitenaufnahmen ergab eine weitere Ausdehnung der Wüste nach Süden. Ich kann dies bestätigen. Der König sagte mir, die alte Karawanenstraße zum Nil sei heute nur noch mit Kamelen zu bewältigen, Pferde fänden nicht genug Wasser. Noch vor drei Jahrhunderten reisten hier Ochsengespanne! Ich schenkte ihm ein Brennglas – diese Linsen heißen hier Zimbabwegläser und sind sehr begehrt – und bot ihm meine Pferde an. Er versprach mir seine Unterstützung, stellte mir Kamele, Vorräte, einen Führer und einen Treiber in Aussicht. Der Führer hat sich inzwischen gefunden, sein Name ist Hazâz, ein großer kräftiger Nubier. Er wirkt umsichtig und erfahren und macht einen zuverlässigen Eindruck. Der Treiber ist ein junges Bürschchen und heißt Beschîr. Er ist aufgeweckt und intelligent und hat eine gute Hand mit Tieren, aber er ist schmächtig, ein bißchen klein für vierzehn und hat traurige dunkle Augen, die einen empfindsamen Charakter verraten.

Von den Zuständen am Nil weiß man hier nichts, allenfalls Pilgermärlein aus zweiter und dritter Hand über schreckliche Mutanten, Männer mit Insektenleibern und Vogelköpfen, und über weiße Menschenfresser. –

Am Tag vor unserer Abreise ritt ich mit nach Nordwesten zum See, wo die Herden des Königs weiden. Der Schmied des Königs war noch dabei, die Tiere zu beschlagen. Seine beiden Sklaven hielten die nörgelnden und erbost schnarrenden Tiere fest, während er die Hufe gegen seinen Lendenschurz preßte und das Bû Raqaba aufnagelte, das zähe Fell der Säbelantilope, das besser als Stahl dem Fels und Sand der Wüste widersteht. Er lachte, als er endlich fertig war, und goß den Ledereimer voll Wasser über sich aus.

In der Nacht führte ich die wohlgenährten und vor Unrast aufsässigen Tiere in die Stadt, wo sie vor Sonnenaufgang gesattelt und beladen wurden.

Und so ritten wir fort von Kotoko gen Osten durchs Gebiet der hellhäutigen Dagama auf dem Weg zum großen kranken Fluß und zum Meer jenseits der Wüste und zur wiedererstandenen Heiligen Stadt, über die Allah seine Hand hält.

Aus dem Tagebuch von Master Jack *8. April 2036*

Endlich sind wir unterwegs. Der König hat Wort gehalten: Mit Tieren und Vorräten wohlversehen, sind wir auf dem Weg nach Osten und folgen der alten Pilgerstraße, die einst über Darfur und durchs Kordofan nach Khartoum und von dort weiter nach Port Sudan führte. Die Namen dieser Orte kennt hier allerdings niemand. Verläuft sie jetzt anders?

Es soll Pilger geben, die behaupten, nach dem Ölkrieg in Arabien gewesen zu sein. Mekka habe man wieder aufgebaut, zumindest die heiligen Stätten. Ich mißtraue diesen

Berichten und wage es nicht, dieses Thema zu berühren, denn man stößt nicht selten auf einen religiösen Fanatismus, der mir angst macht.

Trotzdem bin ich guter Dinge. –

Wir ritten durch viele verlassene Dörfer und rasteten an versiegten Brunnen. Wir durchquerten den ausgetrockneten See von Fittri im Land der Bathra, der aussieht wie ein millionenfach zerschmetterter Spiegel, aber es ist nur die Salzschicht auf dem von der Hitze rissigen tönernen Untergrund, die unter der Sonne glitzert, in dem die Kamele tiefe Spuren hinterlassen. Die Luft ist feucht und stickig, und die Tiere schnauben ängstlich. Inseln scheinen über dem Horizont zu schweben und lautlos mit uns des Weges zu ziehen.

Wir umgingen die Ruinen von Abéché, in denen wunderliches Getier hausen soll und schreckliche bleiche Mutanten, die sich unsichtbar zu machen verstehen und des Nachts die Reisenden würgen.

Es war der achtundzwanzigste Tag unserer Reise, als wir den Fuß des Gebirges erreichten und rasteten an einer Quelle, die Bîr Meschru genannt wird, der Brunnen der Gebeine, weil einst in seiner Nähe viele Menschen auf geheimnisvolle Weise den Tod gefunden haben sollen. Aber das ist eine Lüge. Wenn man von der Quelle eine halbe Stunde nach Norden reitet zwischen vereinzelt stehenden Tamarisken und Schirmakazien, findet man einen Ort, an dem man Hunderte von Leichen findet. Aber sie sind nicht auf geheimnisvolle Weise ums Leben gekommen, sondern, wie man leicht erkennen kann, durch ein grausames Massaker. Die wenigsten sind zu Gebeinen zerfallen, die meisten sind in der trockenen Luft mumifiziert und so federleicht, daß der Wind sie davonrollt. Obwohl die Sonne die Haut gedunkelt hat, sieht man, daß es weiße Flüchtlinge waren, die man hier niedergemacht hat. Auch alle Kleider hat man ihnen genommen.

Wir ritten zur Oase zurück und waren alle sehr bedrückt. Ich habe Master Jacks sonst immer fröhliches Gesicht nie so ernst gesehen.

Als wir an die Quelle zurückkehrten, sahen wir, daß inzwischen eine zweite Karawane angekommen war, die unter den Palmen lagerte. Es waren zwei Reisende mit vier Tieren, Pilger aus dem Westen, jenseits von Timbuktu, auf dem Weg zu den heiligen Stätten, und sie bettelten uns an um Tee und Zucker. Ich hielt sie eher für Logon, nach dem Schnitt ihrer Gesichter und ihrer Kleidung, und ich glaubte ihnen nicht, denn die Logon sind lügnerisch und habgierig, gelten allesamt als Magier, haben den bösen Blick und vermögen sich des Nachts in Hyänen zu verwandeln. Sie lagerten einen Steinwurf von uns entfernt.

Das Wasser der Quelle war etwas salzig und schmeckte nach Schwefel, doch dies war das ergiebigste Wasserloch in weitem Umkreis, und die Tiere bedurften der Erholung. So beschlossen wir, zwei Nächte und einen Tag zu rasten.

Aus dem Tagebuch von Master Jack *5. Mai 2036*

Wir müssen längst die ehemalige Grenze zwischen Tschad und dem Sudan überschritten haben. Anscheinend existiert Geneina nicht mehr. Das Massiv im Südosten muß der Djebel Marra sein. Die Karawanenstraße führt hier ins Gebirge hinauf. Der Weg vor uns ist beschwerlich. Es können aber, wie Hazâz versichert, nur noch drei Tagereisen bis El Fascher sein, dem ehemaligen Knotenpunkt der Karawanenwege im Darfur. Von dort sind es etwa 30 Tagereisen bis El Nahud im Dar Hamar, weitere sieben oder acht bis El Obeid im Kordofan, dann ist Khartoum in greifbare

Nähe gerückt, zwei Monate nur noch, wenn unsere Reise weiterhin so glücklich verläuft. Doch wer weiß, was alles uns noch heimsuchen wird? Ich habe heute Tausende gesehen, die sich auch glücklich wähnten. Sie waren dem verseuchten Europa entronnen, die Flucht übers Mittelmeer war ihnen geglückt, sie hatten unter unsäglichen Strapazen die Wüste durchquert, von falschen Karawanenführern in Sicherheit gewiegt, in die Falle gelockt und erschlagen. Die Greuel sind also tatsächlich geschehen. Mit eigenen Augen habe ich einen dieser Schindanger gesehen, dieser ›Mutantenfriedhöfe‹, wie sie diese entsetzlichen Menschenfallen nennen. Und die Räuber und Mörder betrieben dieses grausige Geschäft mit Billigung ihrer Regierungen, um ein weiteres Vordringen der B-Waffen-Seuchen nach Süden zu verhindern, die den nördlichen Küstenstreifen Afrikas entvölkert haben. Oft soll sogar Militär eingesetzt worden sein, um die Flüchtlingstrecks zusammenzuschießen. Sie bedachten nicht, daß die Zugvögel aus Europa die Seuchen längst in die wasserreichen Gebiete des Südens, ja bis ins Herz Afrikas eingeschleppt hatten und jeden Herbst von neuem einschleppten. –

2 DAS LABYRINTH

Somebody somewhere
in the heat of the night …

In der Nacht bewölkte es sich. Die Temperatur fiel kaum. Ich träumte von den Toten in der Wüste, die der Wind vor sich her trieb. Es waren viele Kinder unter ihnen.

Irgendwann erwachte ich. Hazâz legte Feuerholz nach und kauerte sich im Schatten nieder. Heute weiß ich, daß er dasselbe spürte wie ich. Die Logon hatten andere Gestalt angenommen und schnüffelten uns aus.

Am Morgen hüllte Nebel die Oase ein, und die Sonne war unsichtbar. Ich hatte Mühe, die Tiere zu finden und wieder zusammenzutreiben. Sie hatten Durchfall vom schwefeligen Wasser, und ihr Fell war vom Nebel feucht. Wir hockten schweigend ums Feuer und tranken Tee.

Master Jack ging zu den Pilgern hinüber und sprach lange mit ihnen, während Hazâz und ich die Lasten neu verteilten und Sättel und Riemen nachsahen und instandsetzten.

Obwohl es erst Anfang Mai war, wehte der Wind aus Süden, und die stickige Hitze nahm zu. Sie beengte das Herz und benahm den Atem, machte uns erschöpft und zugleich voller Unrast. Die Atmosphäre war knisternd und trügerisch. Die Entfernungen schienen verkürzt, die Berge näher gerückt. Die Stunden schleppten sich hin. Im Südosten ballte sich drohend Gewölk.

»Treib die Tiere zusammen, Beschîr!« sagte Hazâz. »Sturm zieht auf.«

Master Jack kam zurück, als wir eben dabei waren, das Zelt aufzubauen und zu befestigen. »Es scheint ein Gewitter zu geben«, rief er, und, als wollte der Himmel dies bestätigen, krachte in dem Moment ein harter, trockener Donnerschlag, der von den nahen Bergen widerhallte. Die Tiere suchten zwischen den spärlichen Siwâk-Büschen Schutz. Der Himmel verdunkelte sich zusehends. Wind wühlte in den Akazien, und die trockenen Palmwedel zischten wie aufgestörte Schlangen. Doch das Gewitter zog im Norden an uns vorbei. Im Gebirge zuckten noch lange tiefrote Blitze, und der Donner rumpelte, während im Süden vereinzelt die Sterne erschienen. In der Nähe lachten Hyänen. Kurz darauf mußte ich eingeschlafen sein.

Ich erwachte von einem Schrei. Bevor ich mich aufrappeln konnte, war Master Jack schon auf den Beinen, ergriff Armbrust und Köcher und rannte los. Ich befreite mich aus meinem Mantel und eilte ihm hinterher. Nach wenigen Schritten stieß ich auf mein Reittier und stellte fest, daß es nicht mehr gefesselt war. Es schien außer Atem, als hätte man es herumgejagt, reckte den Hals und witterte verdrossen. Ein paar Meter weiter entdeckte ich im ersten bleifarbenen Licht der Dämmerung ein zweites Kamel, das mit harten Lippen an den Zweigen rupfte und erregt schnaubte. Master Jacks Tier. Es trug noch seine Fußfessel, die Vorderhand und Wade einanderlascht. Die übrigen Tiere waren nirgends zu sehen.

»Hierher, Beschîr!« hörte ich Master Jack rufen. Er kauerte neben Hazâz auf dem Boden. Ich konnte nicht erkennen, was geschehen war, packte mein Tier am Zügel und zerrte es hinter mir her. Da erst sah ich, daß das Gewand Hazâz' am Ärmel und an der linken Seite dunkel von Blut

war, und dann blickte ich in die schrecklichste Wunde, die ich je im Leben gesehen hatte. Dicht über dem Ellbogen klaffte drei oder vier Finger breit ein Spalt, der überhaupt nicht blutete und auf dessen Grund weißlich der Knochen schimmerte. Ich hörte ein tiefes Schluchzen, das wie ein albernes Blöken klang, dessen ich mich schämte, als ich merkte, daß es aus meiner Kehle drang und ich es nicht unterdrücken konnte. Ich setzte mich in den Sand, weil ich mich nicht länger auf den Beinen halten konnte.

»Ich habe sie überrascht«, stieß Hazâz zwischen zusammengebissenen Zähnen hervor. »Diese Schakale. Diese Söhne räudiger ...«

»Lieg still!« herrschte Master Jack ihn an, während er die Wundränder zusammendrückte. »Du hättest uns wecken sollen. Nicht auf eigene Faust handeln.«

Hazâz ließ sein Gesicht mit einem röchelnden Schnauben in die Beuge seines rechten Arms sinken und lag bäuchlings im Sand.

»Komm her und hilf mir, Junge!« Master Jacks Stimme riß mich aus meiner Benommenheit. Ich spürte, wie mir im Nacken der Schweiß ausbrach und in der Morgenkühle gefror. Ich zitterte am ganzen Körper, während ich half, die Wunde mit Tüchern, die er aus seiner Satteltasche holte, zu verbinden und den Arm mit einem festen Stück Holz zu schienen.

»Laßt mich!« murrte Hazâz. »Holt sie ein! Sie kommen nicht weit. Nicht mit meinem Tier. Es wird sich wehren. Aber die Packtiere ...«

»War es ein Schwerthieb?« fragte Master Jack.

»Ein Schangormango«, knurrte Hazâz. »Aus kaum zehn Schritten Entfernung warf er es mir ins Gesicht, der Schakal. Ich konnte gerade den Arm noch hochreißen.«

Wir schafften ihn vorsichtig zu den Packsätteln, wo wir ihm unter einer Tamariske ein bequemes Lager zurichteten. Während wir unsere Kamele sattelten, ging die Sonne auf.

»Was ist ein Schangormango?« fragte Master Jack, während wir nach Spuren Ausschau hielten. Ich wollte, ich hätte Hazâz' Augen gehabt.

»Ein Wurfeisen«, sagte ich. »Manche sind sehr geschickt damit. Köpfen auf dreißig Schritt Entfernung einen Menschen oder reißen auf fünfzig einer Gazelle die Läufe unterm Leib weg.«

Hazâz hatte recht behalten. Sein Tier hatte störrisch Widerstand geleistet, die Spuren waren leicht zu erkennen. Als die beiden Halunken uns kommen sahen, versuchten sie zu Fuß in verschiedenen Richtungen zu entkommen, wohl wissend, daß sie auch im Sattel gegen unsere schnellen Reitkamele keine Chance hätten. Ihr Plan war in dem Moment gescheitert, als Hazâz vereitelt hatte, daß sie alle Tiere an sich brachten. Hätten sie augenblicklich auf ihren eigenen Tieren die Flucht ergriffen, wäre sie ihnen vielleicht gelungen, doch ihre Habgier hatte sie daran gehindert. Das waren keine Räuber, sondern kleine Halunken, und dumme dazu.

Wir setzten dem einen nach, und Master Jack ritt ihn kurzerhand nieder. Augenblicklich stieß der Kerl ein erbärmliches Wimmern aus und kam auf allen vieren auf mich zu gekrochen, vielleicht weil er sich vor mir eher Erbarmen erhoffte. Master Jack reichte mir die Armbrust, und ich legte an, bog den Finger um den Abzug. Doch plötzlich waren alle Wut und Erbitterung zerstoben. Trauer überkam mich, und Abscheu über das jämmerliche Wesen, das in seinem schwarzen Gewand vor mir auf dem Gesicht lag, sich auf mich zu bewegte wie eine ungefüge Eidechse, sich vor mir erstreckte wie mein eigener Schatten, an mich geklebt. Ich konnte es nicht tun. Ich stellte mir die schreckliche Wunde vor – es ging nicht. Master

Jack nahm mir die Waffe aus der Hand, entspannte sie und hängte sie an den Sattel.

»Höre!« sagte er zu dem Mann. »Wir nehmen eure Tiere, denn wir haben einen Schwerverletzten zu transportieren. Solange wir an der Tränke sind, haltet ihr euch fern! Solltet ihr es trotzdem tun, erschieße ich euch.« Darauf zog er das Tier herum, und wir ritten davon.

Das Wimmern hinter uns wurde alsbald zum Geheul, das mit wachsender Entfernung immer wütender und unflätiger wurde und Master Jacks heller Haut und seiner Abstammung galt. Ich sah ihn an, aber er blickte nicht zurück, nahm keine Notiz davon. Vielleicht verstand er nicht alles. Wir sammelten die Tiere ein, unsere und die der anderen, und ritten zur Oase zurück.

Ich war uneins mit mir. Die Umstände hatten es mit sich gebracht, daß Master Jack mir ins Herz blickte. Blickte er ins Herz eines Feiglings, der unfähig war, seinen Freund zu rächen? Als hätte er meinen innersten Gedanken gelauscht, sagte er: »Du hast richtig gehandelt, Beschîr. Sein Leben ist unnütz. Sein Tod wäre es nicht weniger.«

Ich blickte ihn hilflos an, aber er lächelte und nickte mir aufmunternd zu. Da fand ich wieder zu mir und wußte, daß ich diesem Mann bis an den Rand der Welt folgen würde. Und ich schwor mir, dies zu tun, was immer auch kommen mochte.

Gegen Mittag kehrten wir zur Oase zurück. Von weitem schon bemerkten wir, daß eine weitere Karawane angekommen war. Wir hatten nicht wenig Sorge, Hazâz tot und unser Lager geplündert zu sehen, leichte Beute, die wir zurückgelassen hatten, doch wir hatten Glück. Es waren Handelsleute aus dem Darfur auf dem Weg in den Westen. Sie hatten sich um Hazâz gekümmert, ihm zu trinken gegeben und erzählten uns, sie seien aus seinem Reden nicht schlau geworden, und er habe wiederholt das Bewußtsein verloren. Sie sagten immer wieder »*Ts, Ts*«, als sie von unserem Mißgeschick erfuhren, ihre eigenen Sorgen schienen sie aber bei weitem mehr zu beanspruchen. Sie waren in der Nacht in den Bergen vom Unwetter überrascht und völlig durchnäßt worden. Nun hatten sie Mäntel, Decken und Packen zum Trocknen ausgelegt und wachten eifersüchtig über ihre Ladung. Später machten sie sich doch nützlich und halfen uns, aus Ästen, Zweigen und Schilf eine Art Sänfte zu flechten, die ein Kamel tragen kann, wie sie von hochgestellten Damen auf Reisen benutzt oder zum Transport wertvoller Sklavinnen verwendet werden. Darin werden wir Hazâz befördern. Sein Zustand wird immer ernster. Er hat, seit wir zurück sind, das Bewußtsein nicht wiedererlangt.

AUS DEM TAGEBUCH VON MASTER JACK *6. Mai 2036*

Gestern noch schrieb ich von unserem Glück. Heute hat es uns verlassen. Zwei Viehdiebe überfielen uns kurz vor Tagesanbruch, stellten sich jedoch so dumm an, daß wir innerhalb von Stunden der Tiere wieder habhaft werden konnten. Unglücklicherweise wurde bei dem Überfall unser Karawanenführer so schwer verletzt, daß ich um den Mann bange. Meine Antibiotika hat der Kongo verschlungen, samt meinen Pistolen und der Munition. All dies hätte ich heute nötig brauchen können.

Handelsleute, die aus El Fascher kommen, sagten uns, sie seien vor drei Tagen losgeritten. Vielleicht schaffen wir den Weg dorthin in der gleichen Zeit, dann hätte der arme Kerl eine Chance, rechtzeitig in ärztliche Behandlung zu kommen – wenn dort so etwas zu finden ist.

Wir werden noch eine Nacht bleiben. Die Quelle hat für

so viele Menschen und Tiere, wie nun an ihr lagern, zu wenig Wasser; doch dank der Niederschläge in den Bergen steigt der Spiegel rasch an. Das Wasser ist indes zu lehmig. Ich hoffe, daß sich am Morgen die Schwebstoffe etwas abgesetzt haben.

Von den beiden Halunken war den ganzen Tag keine Spur zu sehen, obwohl sie sich wenig eingeschüchtert zeigten. Bin froh, daß nun elf Männer mehr hier sind.

Der kleine Beschîr hat mir heute gut gefallen. Nach dem ersten Schock bewies er Schneid und Umsicht – und Charakter, als es ihm ein leichtes gewesen wäre, seinem Rachedurst freien Lauf zu lassen. Er ist ein guter Junge, dem ich mich jetzt wohl stärker werde widmen müssen, wenn Hazâz nicht mehr dazu in der Lage ist. Aber ich übernehme die Verantwortung gern.

Mit Beklemmung hingegen sehe ich der Begegnung mit dem berühmt-berüchtigten Herrscher von El Fascher entgegen, dem Herrn des Sudan. Er soll teilweise europäischer Abstammung sein. Das sind nicht selten die schlimmsten Despoten in jenen Ländern, die sich einst die Dritte Welt nannten – und heute die einzigen Länder sind, in denen noch Menschen leben. –

Seit zwei Tagen liegt Hazâz im Fieber, fragt: »Habt ihr die Dicke lachen gehört? Sie lachte die ganze Nacht. Die ganze Nacht.« Ich tupfe ihm den Schweiß von der Stirn. Seine Wunde stinkt. Sie hat zu eitern begonnen.

»Was meint er mit der Dicken?« fragte Master Jack.

»Oh, das ist die Hyäne. Wißt Ihr, die meisten unserer Märchen handeln von der dummen Dicken, die auf alles hereinfällt, sich sogar von Erdhörnchen und Eidechsen hereinlegen läßt und immer eins auf die Schnauze kriegt.«

»Dann hat sie wohl allen Grund zum Lachen, denn diesmal sind wir die Dummen«, sagte Master Jack. Und er hat wohl recht.

Er ist sehr besorgt über Hazâz' Zustand, will es mich nicht merken lassen; ich spüre es aber trotzdem und bete zu Allah, flehe ihn an, daß der Mantel seiner Güte groß genug sei, um mit einem Zipfel auch Hazâz zu bedecken.

Drei Tage lang sind wir aufgestiegen, durch Stromtäler und zerklüftete Schluchten und zwischen Felsen, groß wie Paläste. Der Weg war beschwerlich, und die Tiere ermüdeten rasch. Master Jack hat ein Gerüst gebaut, auf dem wir die Sänfte mit Hazâz absetzen können, um sie umzuladen. Doch wir müssen es gegen Felsen lehnen, damit es nicht einstürzt, denn meistens sind die Tiere so erschöpft und ungeduldig, ihre Last loszuwerden, daß sie augenblicklich in die Knie brechen, bevor ich die Riemen gelöst habe und den Befehl zum Niederknien gebe. Es ist eine Schinderei, und ich gebrauche die Peitsche, um den Trotz und die Widerspenstigkeit zu brechen, die wachsen, seit Hazâz' starke Hand fehlt.

Am späten Nachmittag des dritten Tages unseres Aufstiegs erreichten wir die Paßhöhe. Kahle Berge, so weit das Auge reicht, ein Labyrinth aus Stein, keine Pflanze, kein Tier, keine Spur von Menschenwerk. Wir zogen in ein Land hinein, das nicht für Menschen gemacht ist, ein Land, das im Aufbruch der Schöpfung erstarrte, als hätte Allah die Lust an seinem Werk verloren, noch ehe er Berg und Tal schied. Trotz des unbarmherzigen Lichts wirkt dieses Land seltsam lichtlos und düster, als sei es der Grund eines Ozeans. Manchmal segeln in elegantem Flug Geier darüber hin, Wesen einer oberen Welt, die herabsteigen, um in Schwerelosigkeit verharrend scharfen Blicks den Meeresgrund abzusuchen, nach verirrtem Leben Ausschau haltend, das dem Tode geweiht ist.

Ich bin noch nie so weit im Osten gewesen. Die Einsamkeit dieser Weiten ist überwältigend. Kaum eine Spur weist den Weg der Karawanen. Der Fels ist hart. Die A'alâm sind oft nur zwei oder drei aufeinandergehäufte Steine, und es erfordert ein gutes Auge, diese Wegzeichen auszumachen. Master Jack hält immer wieder an und starrt durch sein Glas. Die Ödnis ist menschenleer. Dabei kann El Fascher nicht mehr weit sein.

Am nächsten Morgen sind wir von einer Patrouille umstellt. Finstere Gestalten auf hochbeinigen Maharî, den Rennkamelen der berühmten Tuarîk-Zucht, silberbeschlagenes Sattel- und Zaumzeug, Decken und Turbane mit weißen und grünen Troddeln, den Farben des Königs. Die Reiter sind mit Lanzen und Bogen, einige sogar mit Gewehren bewaffnet. Ein Offizier mit geschnürter Uniformjacke unter der Tobe, weiß-grünen Epauletten, läßt sein Tier niederknien. Nachdem er uns flüchtig verhört hat, läßt er seine Leute absitzen, teilt Salz und Tee mit uns. Er blickt prüfend in die Sänfte. Ja, es gibt Ärzte, Ägypter, Araber, auch Weiße. Man wird sich um ihn kümmern. Mit Bedeckung reiten wir in El Fascher ein, nach kaum vier Stunden Wegs. Wir nehmen nicht in einer der Karawansereien Quartier, sondern werden direkt zum Palast des Königs gebracht, den er im Norden der Stadt auf einem Plateau errichten ließ. Wir begegnen viel Militär, vielen Menschen heller Hautfarbe. Auf den Märkten herrscht buntes Treiben. Man sieht und spürt Wohlhabenheit, die unterm Schirm von Macht und Vernunft gedeiht. Lachende Gesichter. Eine Oase der Farbe in der weiten düsteren Ödnis: El Fascher.

Der Palast des Königs: ein prächtiges Raubvogelnest, großzügig, wehrhaft und schön, erbaut aus Felsgestein und Lehm, mit Zinnen und Schmuckleisten aus farbigen Kacheln versehen. Die hochstehende Sonne überzieht die Fassade mit den geradlinig spitzwinkligen Schatten der Gesimse, Vordächer und Balkone. Zwei ausgebrannte Panzer flankieren den Eingang wie erstarrte Urwelttiere, Geschützrohre wie drohend erhobene Rüssel.

Im Vorhof heißt man uns absatteln. Ein Arzt wird geholt. Es ist ein junger Ägypter. Er läßt Hazâz wegbringen. Was wird es kosten. Er hebt die breite Nase und zieht die Mundwinkel unterm schwarzen Schnauzbart herab, ein offenes, vertrauenerweckendes Gesicht. Er hebt die Hand, als prüfe er das Gewicht der Luft, während sein Blick über unsere Habseligkeiten schweift: zwei Kamele, drei, mal sehen. Wir bekommen einen Raum bei den Ställen zugewiesen. Unsere Tiere werden versorgt. Master Jack schnürt seine Packen auf, sucht frische Kleider, ein Gastgeschenk.

Aus dem Tagebuch von Master Jack *10. Mai 2036*

El Fascher ist erreicht. Die einstige Hauptstadt des Darfur hat ihre Bedeutung nicht eingebüßt und – im Gegensatz zu den meisten Städten der Sahelzone – fast dieselbe Einwohnerzahl wie vor dem Krieg. Sie ist zwar nicht mehr die Drehscheibe der Handelsstraßen, von der aus früher die Karawanen durch Bahr el-Ghazal zum Oberen Nil und durch Äquatoria nach Äthiopien, nach Uganda ins nördliche Kenia und nach Somalia gingen und zurückkehrten mit Salz, zu Laiben gepreßt, für die Herden, aber es ist eine der wichtigsten Stationen der Ost-West-Verbindung, die der alten Pilgerstraße vom Tschad durch Darfur und Kordofan nach Nubien folgt.

Achmed Ueled ben Muchtar, der König des Sudan, wie er sich selbst nennt, Beherrscher des Randes der bewohnbaren Welt und A'alâm Allahs zu den Heiligen Stätten, scheint nicht der Despot zu sein, als der er gilt. Es ist wohl eher seinem diplomatischen Geschick und dem taktischen

Können seiner Offiziere zu verdanken, daß sein Ruf, ein grausamer und unnachsichtiger Despot zu sein, proportional mit der Entfernung von seiner Residenz zunimmt. In der Stadt ist von Tyrannis nichts zu spüren. Es wimmelt hier von Europäern und Flüchtlingen aus Libyen, Ägypten und Arabien, und viele genießen offensichtlich alle Freiheiten als Bürger. Allerdings sieht man auch viele hellhäutige Sklaven, doch sie sind gut genährt und leben nicht im Elend. Auch bei den Truppen scheint der europäische Anteil zu überwiegen.

Die Residenz, die der König sich von einem französischen Architekten, der bei Hofe Aufnahme fand, hat bauen lassen, ist eine Sehenswürdigkeit, die Elemente europäischer Baukunst mit denen orientalischer auf prächtigste Weise vereint. Mehr als 3000 Menschen sollen im Palast wohnen, in dem auch wir gastfreundliche Aufnahme fanden. Hazâz ist in ärztlicher Behandlung. Ich hoffe, es ist nicht zu spät und die nötigen Antibiotika sind zur Hand.

Kopfzerbrechen macht mir ein Gastgeschenk. Ich habe noch ein gutes Dutzend Brenngläser, zwei Taschenuhren, ein paar Meter feinsten Asbestgewebes, vier oder fünf Kompasse und mein Fernrohr, auf das ich jedoch ungern verzichten würde. Das alles kommt mir recht erbärmlich vor bei einem Herrscher, der angeblich Raubzüge bis in die afrikanischen Mittelmeerstädte unternommen hat und mit sagenhaften Schätzen heimgekehrt ist. Er soll sogar über ein Elektroauto verfügen und über einen Helikopter, zu dem ihm allerdings das Benzin fehlt. Aber sicher wird er bald eine Expedition in die verwüsteten Ölquellen Libyens schicken, um sein Spielzeug flott zu kriegen. –

Ich habe Hazâz besucht. Er liegt in einem weißen Bett in einem Zimmer mit weißen Wänden. Ein Pfleger ist um ihn bemüht, steckte ihm ein Glasrohr in den Mund. Der Arm ist frisch verbunden und stinkt nicht mehr, aber Hazâz sieht aus wie ein Sterbender. Sein Blick ängstigt mich. Er hat mich nicht erkannt. Der Pfleger schob mich wieder zur Tür hinaus und befahl mir zu gehen, als ich auf der Schwelle sitzenbleiben wollte.

Gestern war Master Jack beim König. Heute sind wir ins Gästehaus gezogen. Dort sind die Zimmer hoch und geräumig und die Böden mit feinen Teppichen ausgelegt. Es wohnen dort viele Weiße, vor allem Künstler und Techniker des Königs, keineswegs alles Verschnittene, denn manche haben ihre Frauen bei sich und Kinder.

Am Abend wurde in einem der Innenhöfe gegessen. Danach spielte ein weißer Musiker ein Saiteninstrument, das man ›Mandolino‹ nennt. Es wird gezupft und klingt sehr fremdartig, manchmal wie das Gurren von Lachtauben, manchmal traurig, dann wieder freudig. Es sang dazu:

> »Wenn der Regen überm Land hängt
> wie eine schwarze Muleta,
> dann, Freunde, ist der Tod nah ...«

Doch der König rief ihm von der Empore herab zu: »Nicht solche Lieder! Die Regenzeit ist noch fern. Und vom Tod wollen wir nichts wissen.«

Die Leute lachten, und der Sänger stimmte eine andere Weise an. Er hat die gerötete Haut mit den weißen Flecken, wo das Licht sie versengt hat, wie man es oft bei Menschen sieht, die aus den Todesländern kommen, und am kahlen Schädel dicht hinterm linken Ohr eine nässende Wunde, die nie verheilt, und das Weiß seiner Augen ist von einem kränklichen Gelb. Aber seine Stimme ist schön. Sie füllte den Hof und machte das elende Aussehen des Mannes vergessen.

Er sang sechs oder sieben Lieder aus alter Zeit; darunter eines, an dessen genauen Wortlaut ich mich nicht mehr erinnere. Es war ein lustiges Lied über einen kleinen Affen, der nach den Sternen greifen wollte, dabei seinen Schlafbaum in Brand setzte und sich den Pelz versengte, als er mit ihrem Feuer spielte. Und der Refrain ging so:

»Das Stück ist aus,
der Affe tot,
die Sterne bleiben droben.
Des Affen Baum,
des Menschen Traum
sind beide nun zerstoben.
So hat der Mensch,
gleich wie der Aff',
der Zukunft sich enthoben.«

Bei dem Sänger war ein kleiner weißer Junge, der war taubstumm. Er hatte die scheuen, furchterfüllten Augen der Gehörlosen, die behende die Gesichter der Zuhörer musterten, um dann sich wieder starr auf die Lippen des Meisters zu heften. Und jedesmal, wenn dieser sein Instrument sinken ließ, hob er die Maultrommel an den Mund, um den Gesang zu begleiten, was sich wunderlich anhörte, denn er schleppte den Rhythmus immer ein klein wenig hinter der Stimme her, weil er nur den Lippenbewegungen folgte. Aber eben diese Unvollkommenheit war es, die das Zusammenspiel so reizvoll machte.

Ein Pilger, der an den Heiligen Stätten gewesen war und auf dem Heimweg in den Westen, erzählte Master Jack, daß man zwischen Omdurman und Port Said schon öfter fliegende Barken gesichtet habe, die durch die Luft fuhren und lautlos über der Wüste schwebten. Sie seien von riesigen Käfern bemannt und würden von Vögelköpfigen gesteuert.

Derlei ägyptisches Getier, das man auch an manchen Orten in Stein gehauen findet, sei aus dem Schlamm des Nasser-Meeres gestiegen, als dieses abgeflossen war. Und ein anderer berichtete, er habe mit eigenen Augen so einen Vogelköpfigen gesehen. Der sei bei Atbara erschlagen worden, und ein Schausteller habe dieses Ding, das weder Mensch noch Vogel gewesen sei, ausgestopft und landauf, landab auf den Märkten zwischen Omdurman und El Obeid hergezeigt, bis der Balg so gottserbärmlich gestunken habe, daß man ihn verbrannt und den Schausteller zum Teufel gejagt habe.

So klug Master Jack sonst ist, in solchen Dingen ist er schrecklich leichtgläubig. Er hörte geduldig zu, fragte nach dem Aussehen der fliegenden Barken, nach der Farbe des Gefieders von dem Vogelköpfigen, nach diesen Käfern oder Skarabäen, die nach den Schilderungen eher wie Kakerlaken aussehen müssen, und vieles andere mehr. Ich glaubte dem Aufschneider von Pilger ebensowenig wie dem anderen Lügensack – nämlich kein Wort.

Als ich zu unseren Gemächern ging, die im zweiten Stock des Gästehauses liegen, begegnete ich auf der Treppe einem Mann, der, seiner Kleidung nach zu urteilen, einen hohen Rang bei Hofe einnehmen mußte. Er versperrte mir den Weg.

»Komm her!« herrschte er mich an.

Als ich gehorsam näher trat und mich verbeugte, schlang er vertraulich seinen Arm um mich und drängte mich in eine Ecke. Sein gepflegter weißer Vollbart roch süßlich nach Duftwässern, aber sein Atem war vom Duft des Laqbî geschwängert.

»Hör zu, Junge«, sagte er mit trunkener Zunge und griff mir hart zwischen die Beine. Ich stöhnte auf vor Schmerz.

»Hast du schon einen Lehrer?« Unter dem Schwall seines heißen Atems war ein belustigtes Kichern zu hören.

»Ich gehöre Master Jack«, sagte ich mit gequälter Stimme.

Er ließ mich los, und während ich, entsetzt durch die schamlose Berührung, mich ihm entwand und die Treppe hinaufrannte, rief er mir lachend nach: »Wer, zum Teufel, ist Master Jack?«

Ich erwachte mitten in der Nacht. Jemand stand in der Tür. Mondlicht fiel durchs Fenster im Gang und zeichnete die Gestalt im Umriß. Ich erkannte das zarte Profil, den kahlrasierten Schädel, die schmächtige Gestalt. Es war der Junge, der die Maultrommel geschlagen hatte. Er blickte nach links und rechts, dann sah er mich starr an.

»Was willst du?« fragte ich mit leiser Stimme, um Master Jack nicht zu wecken, der nebenan schlief. Zu spät fiel mir ein, daß der Junge mich ja gar nicht hören konnte. Seine Gegenwart war mir unbehaglich. Er hob beide Arme und machte ein paar Tanzschritte, wobei er die nackten Füße auf das komplizierte Mosaik des vom Mondlicht überfluteten Fliesenbodens setzte, was der Gestalt etwas Schwebendes verlieh. Wie trunken folgte ich mit den Augen der Bewegung der Füße, spürte, wie mir allmählich die Realität entglitt und ich durch die Bewegungen des Tanzes und den Zauber des Lichts immer mehr in den Bann der Unwirklichkeit geriet. Ich richtete mich auf, versuchte die wachsende Benommenheit abzuschütteln. Im selben Moment war der Junge verschwunden. Ich trat auf den Gang hinaus, konnte ihn aber nirgends entdecken. Wohin war er so rasch verschwunden? Am fernen Ende des Gangs saß unter einer Laterne ein Wächter am Tisch und schlief, den Kopf auf die überkreuzten Arme gelegt. Ich watete durchs Mondlicht zum Fenster, blickte auf den Hof hinab, in dem das Konzert stattgefunden hatte. Er lag verlassen und war in düsteres Silber getaucht. In den schwarzen Schatten lauerten zangenbewehrte Skarabäen unter dem Befehl von vogelköpfigen Kaperkapitänen, um den schlafenden Palast zu erstürmen.

»Beschîr?« rief Master Jack. Ich trat auf die Schwelle zu seinem Zimmer, aber er sagte nichts mehr. Hatte er im Schlaf meinen Namen ausgesprochen?

Am späten Nachmittag – Master Jack war zum König befohlen worden – durchstreifte ich die höhergelegenen Stockwerke des Palastes. Niemand hielt mich auf. Ich fand einen Garten, ein kleines Paradies von vielleicht hundert Schritten Länge und vierzig Breite, ganz umgeben von mehrstöckigen Gebäuden. Kiesbestreute Wege führten zwischen Blumenrabatten und Hecken und zierlichen Granatäpfel- und Pfirsichbäumen hindurch zu einem Springbrunnen in der Mitte, dessen Fontäne hell glitzerte im Mittagslicht und verschwenderisch niederfiel auf die großen fleischigen Blätter von Seerosen, die den kleinen Teich fast ganz überwuchert hatten. Das Wasserspiel verbreitete in der heißen Luft eine wohltuende Frische. Einige Pfauen paradierten gezierten Schritts über den Rasen und entfalteten ihr atlasglänzendes grünes und nachtblaues Gefieder zu Fächern, zu steifen Schleppen und raschelnden Aureolen. Ich war fasziniert. Wie konnte es in diesem Land aus düsterem Licht und düsterem Stein soviel Farbe geben?

In der einen Ecke des Parks war ein Schöpfbrunnen, mit dem eben die Zisterne gefüllt wurde, die den Brunnen speiste. Ein großes hölzernes Tretrad von gut drei Manneslängen Durchmesser drehte sich knarrend, während drei nur mit Lendenschurz bekleidete Sklaven beständig über die von Abnutzung glänzenden Latten nach oben kletterten, um es in Bewegung zu halten. Ihre weißen Körper waren schweißnaß, und ihr keuchender Atem wurde regelmäßig vom Platschen des Wassers übertönt, wenn einer der schwarzen Ledersäcke, die hintereinander an einer Eisenkette befestigt waren, den Gipfel erreichte, über den Scheitelpunkt kippte und seinen Inhalt in eine Rinne entleerte, die zur Zisterne führte, in sich zusammensank und kopfüber wieder in die Tiefe tauchte.

Ich blieb stehen und sah zu. Im schmalen Schatten vor der Lehmwand lehnte ein Aufseher, eine geflochtene Lederpeitsche in der Hand. Daneben hockten auf dem Boden drei weitere Sklaven, die sich ausruhen durften, bis sie aufs Rad mußten. Sie musterten mich mit stumpfen Blicken, aber niemand sprach ein Wort. Nur das Ächzen des Holzrads, das Keuchen der unablässig kletternden Männer und das Platschen und Gischten des Wassers waren zu hören. Plötzlich wurde die Stille des Hofs durch den kurzen Schrei einer Frau unterbrochen, der irgendwo aus einem der oberen Fenster des Palastes drang; einem zweiten, lauteren folgte ein dritter, ein vierter, sie formierten sich zu einer anschwellenden, rhythmischen Folge von Schreien, in denen Atemlosigkeit war und zugleich etwas wie ein Gurren, das tief aus der Kehle drang. Da geschah etwas Seltsames, auf das ich mir keinen Reim machen konnte. Einer der dumpf im Schatten vor sich hinbrütenden Sklaven war aufgestanden, ein muskulöser, untersetzter Mann, mit dunklem Haar und unrasiertem Gesicht, hatte beide Hände zu Fäusten geballt und beide Arme angewinkelt, als trage er eine Last vor der Brust, und bewegte im Rhythmus der Schreie seine Hüften ruckartig vor und zurück. Er hatte die Augen geschlossen und sich in die Unterlippe verbissen und stieß bei jedem Ruck ein tiefes, kurzes Grunzen aus, während sich sein Lendenschurz immer stärker nach vorn wölbte. Die Peitsche fuhr klatschend auf seine nackten Schultern nieder, aber es war ein nachlässiger, fast gutmütiger Schlag, und der Mann schien ihn auch gar nicht zu spüren. In dem Moment brach das Schreien mit einem spitzen Diskant ab, und der Sklave hielt mit seinen Bewegungen inne, als wäre er erstarrt, während sein Gesicht einen Ausdruck zeigte, den ich nicht deuten konnte, weil er ebenso qualvoll wie glücklich war.

Der Aufseher entblößte unterm Schnurrbart ein lückenhaftes Gebiß und lachte, und die beiden Sklaven, die im Schatten hockten, stimmten meckernd in sein Lachen ein. Nur die anderen, auf dem Rad, kletterten unablässig weiter in stumpfer, geschäftiger Hast, wie ein Rudel verstörter Affen auf der Flucht.

Ich lächelte dem Aufseher unbehaglich zu, denn ich erriet den Grund seiner Heiterkeit nicht. Rasch wandte ich mich ab und ging tiefer in den Palastgarten hinein, vorbei am Teich und der plätschernden Fontäne, die den Nüstern eines gewaltigen steinernen Nilpferds entstieg, das, halb unter den Seerosen verborgen, den Kopf aus dem Wasser steckte und mich mit seinen blinden kleinen Steinaugen anglotzte.

Da sah ich auf einer Steinbank unter einem Granatapfelbaum den taubstummen Jungen sitzen. Einen Moment blieb ich unschlüssig stehen. Hatte ich von ihm geträumt in der Nacht? Hatte mir das Mondlicht einen Streich gespielt? Oder geisterte er nachts durch die Gänge und weiten Hallen des Palastes, um den Bewegungen seiner schweigenden inneren Welt durch Tanz Ausdruck zu geben?

Ich setzte mich neben ihn auf die Bank und legte meine Handfläche auf den kühlen Stein. Der Junge bewegte den Mund, als wollte er mir etwas sagen, doch er brachte nur ein Stöhnen zustande, hob die Hände und grapschte sich vor dem Gesicht herum, als könnte er damit die Worte, die sich ihm nicht entringen wollten, gewaltsam von den Lippen reißen. Dabei verdrehte er die Augen in seiner Qual, sich mir mitzuteilen, so daß nur noch das Weiße zu sehen war. Ich meinte immer noch, daß er mir etwas deutlich machen wollte, da bemerkte ich mit wachsendem Entsetzen, daß der

Junge von einem Anfall heimgesucht wurde. Er beugte sich mehr und mehr hintenüber, den kahlgeschorenen Schädel warf er hin und her, als wollte er ihn durch ein Hindernis bohren, und schließlich lag er, um sich schlagend, schräg über der Bank, während sich in den Winkeln seines lautlos schreienden Mundes Schaum sammelte. Ich hielt ihn fest, als er von der Bank zu stürzen drohte, rang mit ihm, legte mich halb auf den schmächtigen Körper, der unglaubliche Kräfte entwickelte, und blickte mich verzweifelt nach Hilfe um, weil ich ihn nicht zu bändigen vermochte, wollte schon rufen, um die Männer am Brunnen aufmerksam zu machen, damit sie mir beistanden in meinem verzweifelten Ringen mit der dunklen Macht, die im hellen Mittagslicht diesen Körper beherrschte und ihn hin und her warf wie eine Puppe, bis es mir den Atem verschlug.

Da hörte ich Schritte auf dem Kiesweg, sah zwei schmale weiße Hände, die den Kopf des Jungen umfaßten, Finger, die über Schläfen und Ohren strichen. Und als hätten sie damit einen Zauber bewirkt, wich die dunkle Macht von einem Augenblick zum anderen, wich die Starre aus den Gliedern, und zu meiner grenzenlosen Verblüffung spürte ich Ahnungsloser plötzlich, daß ich den Körper eines Mädchens umfaßt hielt. Dicht vor mir sah ich den fleckigen Schädel des Sängers, die schreckliche, nässende Wunde ganz nah, mußte die Zähne zusammenbeißen, um nicht aufzustöhnen. Doch als ich den Kopf wandte, um mich von dem Grauen zu erlösen, blickte ich in das noch schrecklichere Auge eines Pfaus, ein flacher, ringförmig angeordneter, grau geriffelter Tümpel aus Eiweiß, hinter dem – nichts war, das aufmerksame, absolut ausdruckslose Guckloch in eine kleine, stupide, gänzlich von Reflexen gesteuerte Welt. Dann, mit einem Kopfrucken, entfernte sich der Vogel von mir und gab mir den Blick frei auf die sinnlose Pracht seines Gefieders.

Zögernd, beschämt, löste ich die Hände vom Körper des Mädchens und richtete mich auf. Der Sänger – er wirkte überraschend groß, wie er so vor mir stand – lächelte mich entschuldigend an.

»Ich danke dir. Sie hätte sich verletzen können«, sagte er, während er ihr aufhalf. »Es überkommt sie manchmal. Ich sage ihr immer wieder, sie soll nicht in die Sonne gehen.«

»Sie saß im Schatten.«

Er zuckte die Achseln. »Das ist unser Erbe«, sagte er »Das Erbe einer großen Zivilisation. So hat der Mensch, gleich wie der Aff', der Zukunft sich enthoben.« Er lächelte.

Sie sah mich rätselhaft mit ihren hellen Augen an. Ich hätte ein Stück von mir gegeben, wenn ich sie hätte erreichen, wenn ich sie hätte etwas fragen und sie mir hätte antworten können. So aber war es, als spräche man mit einem Stern. Er gibt dir keine Antwort, nur sein Licht.

»Wie heißt sie?«

»Simone.«

»Ein seltsamer Name.«

»So?« Er nahm sie in die Arme. »Sie kann mich nicht verraten. Sie hört es nicht einmal, wenn der Hahn kräht.«

Ich verstand nicht, was er meinte. Als wir den Palastgarten verließen, waren der Aufseher und seine Sklaven verschwunden. Die abgewetzten Trittleisten des Holzrades glänzten in der Sonne. Wasser rann aus dem Überlauf der gefüllten Zisterne und prasselte auf die Steinfliesen des Bodens. Die schwarzen Ledereimer hingen an der Kette, dickbäuchig auf der einen, schlaff und eingesunken auf der anderen Seite.

An einem der oberen Fenster stand eine Frau und blickte herab. Ich sah einen Moment lang ihre Lippen, bevor sie ihren Gesichtsschleier feststeckte. Sie lächelte.

Seit zwei Wochen wohnen wir nun im Palast des Königs. Er hat mich wiederholt zu sich gebeten, und ich hatte Gelegenheit, ausführlich mit ihm zu sprechen. Er ist ein Mann Mitte Fünfzig mit jener seltenen Mischung aus Charisma, Intelligenz und Tollkühnheit, wie man sie früher den Condottieri nachsagte. Er führt seine Abstammung auf etliche Kalifen und letztlich auf den Propheten zurück; mich sollte aber nicht wundern, wenn die Kalifen Stavros, Kostas, Spiros oder so ähnlich und der Prophet Pythagoras geheißen und in Beirut oder Alexandria eine Kneipe besessen hätten. Er ist der geborene Abenteurer und versteht es, sich mit den richtigen Leuten zu umgeben.

Er hat übrigens die bedeutsamste Schrottsammlung der Welt. Die beiden Panzer vor den Toren soll Gaddafi noch selbst gefahren haben, als er den Tschad zu erobern versuchte. Er hat Raubzüge in die zerbombten und radioaktiv verseuchten ehemaligen Ölquellen Libyens und bis in die Totenstädte am Mittelmeer unternommen, von denen er, wie er meint, reiche Beute mit nach Hause gebracht hat, vor allem nutzlosen technischen Schnickschnack, der sich nie mehr wird in Betrieb setzen lassen, darunter Fernmeldeanlagen und eine komplette Tower-Ausrüstung zur Flugkontrolle. Immerhin verfügt er über die bedeutendste Uhrensammlung der Welt. Von Zeitmessern scheint er besessen zu sein. Er hat Uhren aller erdenklichen Formen und Konstruktionen aus fünf Jahrhunderten.

Ich habe ihm von meiner Expedition erzählt und von unseren Beobachtungen, daß irgendwo im Vorderen Orient Raumfahrtaktivitäten stattfinden, die wir nicht identifizieren können. Er hält es durchaus für möglich, daß Außerirdische auf der Erde gelandet sind. »Nach dem Feuerwerk, das wir hier abgebrannt haben, wäre es ein Wunder, wenn wir *kein* Interesse erregt hätten«, meint er. Er besteht darauf, daß er uns einen Trupp Soldaten auf die Reise an ›die Grenze der Welt‹ mitgibt, wie auch er es nennt. Wir sollen ihm dafür eine jener geheimnisvollen ›fliegenden Barken‹ mitbringen, wenn wir eine auftreiben können.

Er hat mir das Tagebuch seines Hofarchitekten geschenkt, der ihm diesen Palast gebaut hat. Sein Name war Henri Fleurel. Er ist vor zwei Jahren gestorben. Es ist auf französisch geschrieben. Ich werde es auf unserer Reise durchs Kordofan lesen. –

3 DIE GRENZE

This is the end
my only friend
the end…

Am Morgen haben wir Hazâz besucht. Man hat ihm den Arm abgeschnitten. Schrecklich die Leere unter dem Laken. Der starke Arm, dem ich so oft bewundernd zusah, wie er die Ahle führte, die Kamele sattelte, sie mit energischem Griff in die Knie zwang – einfach verschwunden. Ich konnte nicht hinsehen – und starrte doch wie gelähmt auf die flache Stelle, wo der Arm sich hätte abzeichnen müssen. Der Wundbrand sei zu tief eingefressen gewesen, der Knochen verletzt und gesplittert, sagte der Arzt. In meinen Ohren fing es zu brausen an, ich fühlte, wie Ohnmacht mein Blickfeld einzuengen drohte, rannte aus der Tür und blieb schweratmend an einem Fenster jenseits des Gangs stehen. Hazâz schläft, ahnt noch nichts von seiner Verstümmelung. Warum habe ich den Schakal nicht niedergestreckt an jenem Morgen?

Ich habe für Hazâz gebetet, daß er leben soll. Allahs Gnade sei grenzenlos, sagt man. Es bedarf ja wahrhaftig nur eines kleinen Zipfels dieser Gnade, muß er jetzt doch nicht mehr decken als ihn und den anderen Arm.

Heute nahm mich Master Jack beiseite und sagte mir, daß er in Kürze aufbrechen müsse, um die Hochwasser des Nils zu erreichen. Er stelle es mir frei, ob ich mit ihm weiterziehen wolle, denn die Reise werde nun gefährlich, da wir uns der äußersten Grenze der bewohnbaren Welt näherten und mehr als bisher verseuchtem Getier und Bestien in Menschengestalt begegnen würden.

»Jeder Pilger nimmt diese Gefahren auf sich«, entgegnete ich. »Sie tun es für Gott.«

»Eben das ist der Unterschied«, sagte er. »Sie sind religiöse Fanatiker. Sie suchen die Gefahr, um sich zu beweisen, daß Gott mit ihnen ist. Sie sind Besessene.«

»Und was willst du beweisen, Master Jack?« fragte ich ihn.

Er zögerte. Dann lachte er und sagte: »Du bist ein kluger Junge, Beschîr. Ja, auch ich bin ein Besessener. Ich möchte herausfinden, was da oben im Nordosten sitzt und Raumfahrt betreibt und die Signale des orbitalen Trekking-Systems, von dem noch zwei Stationen funktionieren, beharrlich ignoriert.«

»Was ist ein orbales Trekking-System?«

»Ein orbitales. Damit werden die Bahnen der Sterne um die Erde kontrolliert. Wir sind so eine Art Karawanenführer des Himmels.«

»Alle Sterne?«

»Wie? – Nein, natürlich nur der künstlichen. Der Erdsatelliten. Von denen gibt es noch eine ganze Menge da oben. Und viele werden noch Jahrhunderte lang Daten liefern, die kein Mensch mehr auswerten kann.«

»Und was wird aus Hazâz?« fragte ich nach einer Weile.

»Ich hätte es gern gesehen, wenn du bei ihm geblieben, ihm zur Hand gegangen wärst, wenn er genesen ist. Ihr könntet euch einer Karawane in den Westen anschließen und nach Hause zurückkehren. Aber Hazâz' Zustand ist noch sehr kritisch.« Er fuhr sich mit der Hand übers sonnenverbrannte Gesicht und durchs lange schwarze Haar. Ihm war nicht wohl bei dem Gedanken, Hazâz zurückzulassen. »Andererseits ...« Er sah mich mit seinen hellen Augen, deren Blick ich immer noch ein bißchen scheute, bittend an, als sollte ich ihm verzeihen.

»Würde das Schlimmste eintreten, dann stündest du allein da. Und bei der Moral hier im Palast müßte ich um dich fürchten. Man hat hier überall ein lüsternes Auge auf streunende Jungen, die man sich abrichten oder als Eunuchen in die Sklaverei verkaufen kann.«

Ich dachte mit Schaudern an meine Begegnung im Treppenhaus, von der ich nie ein Sterbenswörtchen hatte verlauten lassen. »Ich reite mit dir, Master Jack«, sagte ich entschlossen.

Es ist alles gepackt. Die Gharâra, leichte Säcke aus festem Kamelgarn, die uns der König geschenkt hat, liegen zum Verladen bereit.

Zum Schluß haben wir Hazâz besucht. Er war wohlauf und winkte uns mit seinem Armstumpf zu.

»Wartet noch zwei, drei Tage«, sagte er, »dann reite ich mit euch.«

Der Arzt gab uns zu verstehen, daß er eine Chance habe zu überleben, wenn die Wunde nicht brandig würde. Es seien kaum noch Medikamente da, und wenn irgendwo welche gefunden würden, seien sie meist verdorben.

Wir wünschten Hazâz Glück und Allahs Segen.

»Ich werde mir eine Arbeit suchen und auf euch warten«, sagte er. »Bis zum nächsten Frühjahr, wenn es sein muß.«

Der Arzt nahm drei Kamele, die ich ihm brachte. Simone, das Mädchen des Sängers, habe ich nicht mehr gesehen, obwohl ich sie überall suchte.

Schweren Herzens haben wir Hazâz zurückgelassen und sind auf dem Weg nach Osten. Wir hätten uns einer Karawane mit mehr als 200 Tieren anschließen können, die nach El Obeid geht, aber sie zieht mir zu langsam. Selbst wenn wir unsere Rasten aufs Allernotwendigste beschränkten, haben wir eine Strecke von 40 bis 45 Tagereisen vor uns. Es sind fast 1000 Meilen bis Omdurman. Sollte es nötig sein, weiter nach Norden vorzudringen und den Nil hinabzufahren, läßt sich das nur während des Hochwassers bewerkstelligen, um über die Katarakte zu kommen, vor allem über den zweiten und ersten bei Wadi Halfa und Assuan, denn über den Zustand weiß niemand etwas, seit der Damm verschwunden ist.

Wir kommen rasch nach Osten voran. Unsere vier Begleiter sind geschickte Jäger. Es gibt fast jeden Tag Fleisch. Es sind wilde, aber offenbar zuverlässige und aufrechte Burschen. Es wäre schön, wenn ich sie überreden könnte, uns über Omdurman hinaus zu begleiten, aber sie haben ihre Befehle. –

Die vier Reiter des Königs legen ein Tempo vor, das die Tiere sehr beansprucht, aber Master Jack scheint das nur recht zu sein. Er ist voller Unrast.

Gestern schoß Alkuttabu, der beste Jäger unter unseren Begleitern, auf 250 Schritte mit der Büchse eine Gazelle. Heute fanden wir einen toten Fenek. Sein Fell war räudig.

»Rühr ihn nicht an!« warnte mich Alkuttabu. Er häufte trockenes Holz über den Kadaver des Wüstenfuchses und zündete es an. Es stank entsetzlich, und wir ritten weiter. »Vor einem halben Jahrhundert«, sagte Alkuttabu, »gab es hier im Kordofan noch mehr als tausend Löwen. Ich weiß es, denn das hier ist meine Heimat.« Er hat die tintenschwarze Haut der Nuba und ist noch größer als Hazâz. »Heute findest du kaum noch einen. Sie reißen die schwächsten Tiere der Herden, und die sind meistens krank. Das bringt sie um, weißt du?« Er sagt gern »weißt du?« und hebt jedesmal das massige schwarze Kinn in meine Richtung.

»Hast du Angst vor Löwen?« will ich wissen.

Er lächelt. Er hat breite weiße, weit auseinanderstehende Zähne, die schräg nach vorne stehen. »Ja, aber nur vor toten«, sagt er und lacht ein hohes kicherndes Lachen, das man bei einem Mann seiner Größe gar nicht vermutet, und dabei schnalzt er vor Vergnügen mit der Zunge.

Er hält oft Ausschau nach Südosten, in Richtung der Nuba-Berge, seiner Heimat. Wenn der Wind aus Süden weht, der Samum, wie sie ihn nennen, der Gifthauchende, dann ziehen er und seine Begleiter ihre Mundtücher fester, und etwas wie Unbehagen stiehlt sich in ihren Blick.

Im Süden sah man zuweilen den weißlichen Dunst der Sumpfgebiete des Bahr el-Arab am Horizont, nun wüten dort seit Tagen Brände, und die Luft ist trübe von Flugasche und Brandgeruch.

»Die Hirten zünden das Schilf an, um die Brutstätten der Vögel auszuräuchern«, erklärt uns Alkuttabu, »aber jeden Winter schleppen die Zugvögel aus Europa wieder die Seuchen ein, und Tausende von Rindern verenden.«

Je weiter wir nach Osten vordringen, desto wählerischer werden unsere Jäger mit ihrer Beute. Erst untersuchen sie sie äußerlich nach Mißbildungen, dann brechen sie sie auf und kontrollieren sorgfältig die inneren Organe auf Entzündungen und Geschwüre. Manchmal genügt eine Betrachtung von Maul und Augen, dann wird das erlegte Tier mit Steinen bedeckt oder verbrannt. Die Jäger lassen auch keinen Geier näher als 50 Schritte heran, denn auf Schritt und Tritt stößt man auf krepierte und verluderte Vögel.

Noch machen wir genügend gesunde Beute, aber die Gegend wird immer unwirklicher und heißer. Die Dunstglocke des Sudd, des riesigen Sumpfgebiets, das der Bahr el-Djebel, der Weiße Nil, und seine zahlreichen Nebenflüsse in den Niederungen von Bahr el-Ghazal bilden, verwischt den Horizont. Die Regenzeit rückt heran.

En-Nahud liegt hinter uns, ein heruntergekommener Ort mit einer trostlosen Garnison. Wir kauften Datteln für die Kamele, Zucker und Salz. Master Jack maß das Salz mit seinem Ticker, den er Geiger-Zähler nennt, und sagte, es sei radioaktiv verseucht, man müsse es wegschütten. Unsere Begleiter hatten nicht übel Lust, den Händler zu verprügeln, weil er uns verdorbenes Salz verkauft hatte, aber Master Jack machte ihnen klar, daß der Mann das nicht feststellen könne und man ihm wahrscheinlich Salz aus Äthiopien oder Somalia angedreht habe.

Master Jack liest viel in dem kleinen Buch, das er vom König geschenkt bekam. Gestern abend sah ich ihn heimlich weinen. Es gab mir einen Stich ins Herz.

»Warum weinst du?« fragte ich ihn.

Er klappte das Buch zu und sagte: »Ich weine nicht. Das Licht ist bereits zu schwach. Ich habe zu lange gelesen. Die Augen tränen mir. Sei so gut, bring mir noch eine Tasse Tee, Beschîr.«

Ich ging und holte ihm eine Tasse Tee. Es war noch genug Licht, daß man eine Nadel hätte einfädeln können.

AUS DEM TAGEBUCH VON MASTER JACK *24. Juni 2036*

Wir kommen schneller voran als erhofft. Wenn wir Glück haben, holt uns die Regenzeit erst in Omdurman ein, wo wir in 20 Tagen eintreffen müßten, wenn es so mühelos weitergeht.

Das Tagebuch von Henri Fleurel, dem Architekten des Königs, ist ein erschütterndes Dokument, das mich tief betroffen macht. Natürlich weiß man, was alles geschehen ist, aber das Entsetzen teilt sich erst mit, wenn man die grauenhaften Einzelheiten des verzweifelten Exodus der Überlebenden aus Europa kennenlernt.

Henri Fleurel war Architekt in Perpignan. Seine Frau und drei seiner Kinder kamen im Krieg um. Seine erwachsene Tochter und ihr Mann und einige Nachbarn, die nicht strahlenkrank und von biologischen Waffen infiziert zu sein glaubten, wagten in einem Boot die Überfahrt nach Afrika. Sie wurden von Land aus beschossen, häufig machten algerische Schnellboote Jagd auf die zahllosen Flüchtlingsboote und -schiffe, um sie von der Küste zu vertreiben. Erst in Tunesien, dessen Behörden sich anfangs toleranter zeigten, ließ man sie an Land. Bis auch dort die Pogrome begannen und man Europäer, die für gerettete Wertsachen Lebensmittel eintauschen wollten, kurzerhand lynchte. Als man die Flüchtlinge in Lagern isolierte, war es bereits zu spät. Die Pest kam nach Oran. Die teuflischen Seuchen aus den Labors der Kriegsforschung, vom europäischen Kriegsschauplatz eingeschleppt, entvölkerten binnen vier Monaten ganz Nordafrika und breiteten sich wie ein Flächenbrand über die nicht direkt vom Krieg betroffenen Länder aus. Staaten wie der Sudan, Tschad, Niger und Mali wähnten sich durch den Wüstengürtel im Norden relativ geschützt, aber bald wurde klar, daß für die Flüchtlinge, die der Hölle entronnen waren, die Sahara den kleineren Schrecken darstellte, zumal sich geschäftstüchtige Karawanenführer reiche Beute versprachen, mit Parolen von Siedlungen christlicher Missionare in Uganda, am oberen Kongo und in Rhodesien hausieren gingen und angeblich Trecks organisierten. Die Mär vom Reich des Priesters Johannes im Innern Afrikas hatte zählebig die Jahrhunderte überdauert, wie sich zeigte; die Flüchtlinge hängten ihr Herz daran, setzten alle Hoffnung darein – doch diese Paradiese waren so unwirklich wie die Paradiese im Mond. Wenn die Überlebenden nach unsäglichen Strapazen tausend Meilen Wüste überwunden hatten, standen sie vor den Erschießungskommandos der Truppen des Niger, des Tschad oder des Sudan, die sie noch in der Wüste stellten – rechtzeitig von den Karawanenführern informiert, die dafür ein Viertel der Beute beanspruchten, um die eigene Bevölkerung vor Krankheit und Tod zu schützen, wie es offiziell hieß. Den Leuten wurde ein Ultimatum gestellt, wieder nach Norden zu ziehen – ein absolut tödliches Unterfangen. Dann sprachen die Waffen. Wenn nicht genug Munition vorhanden war, traten die Kabartû in Aktion, die ehrenamtlichen Henker, gewöhnlich aus der Musikantenkaste, die darauf spezialisiert sind, mit einem Hieb ihrer eisenbeschlagenen Keulen den Kopf des Verurteilten zu zerschmettern. Sie arbeiteten oft stundenlang bis zur Erschöpfung. In solchen ›Menschenfallen‹ muß sich Unsägliches abgespielt haben. Das schlimmste aber, so schreibt Henri Fleurel, war das Schreien der Jungen, die man zusammenfing und zu Eunuchen machte.

»Ich weiß«, schreibt er, »daß es in diesen Ländern schon seit Jahrhunderten üblich war, besonders auf den großen Sklavenmärkten, Barbiere zu bestellen, die mit dem Rasiermesser eine Totalamputation vornahmen und heiße Butter in die schreckliche Wunde gossen, um die Blutung zu stillen. Nie werde ich den Geruch von heißer Butter und verbranntem Fleisch, nie die Schreie der verstümmelten Jungen vergessen, die man, wenn sie überlebten, für gutes Geld als Lustknaben oder Eunuchen in die Paläste der Potentaten verkaufte. Natürlich hatte man auch für diese entsetzliche Maßnahme eine Erklärung: Ihre Gene seien radioaktiv verseucht, man könne kein Risiko eingehen. Ich begriff: Der genetische Mord ist der schrecklichste.«

Henri Fleurel und ein halbes Dutzend Akademiker, die man schon bei Antritt der Reise mit Hilfe von Fragebogen ›selektiert‹ hatte, überlebten das Massaker und wurden an den Königshof von El Fascher verkauft.

Die Mumien von Bîr Meschru suchen mich heim und rauben mir den Schlaf. Selbst das Gold der Zahnfüllungen hat man ihnen herausgebrochen. –

Seit Tagen spricht Master Jack kaum ein Wort. Die Stimmung aller ist gedrückt, auch Alkuttabus Späßchen kommen nicht so recht an. Der Samum, der Gifthauchende, weht heiß und stickig. Man versucht unwillkürlich, das Atmen auf das Nötigste zu beschränken. Allmählich sehnt man sich nach den reinigenden Gewittern, mit denen der Charief, die Regenzeit, beginnt.

Wir reiten in El Obeid ein. Noch mehr Militär. Viele der großen alten Karawansereien und Pilgerherbergen stehen leer. Die Stadt ist halb verfallen, dafür ist die Garnison neu und wird noch weiter ausgebaut. Die Fahne des Königs weht darüber: grün und weiß. Wir werden in einer Kaserne einquartiert.

Die Hand des Königs ist auch hier zu spüren, nichts aber von der Freizügigkeit, die in seinem Palast waltet. In El Obeid herrschen unbarmherzige Gesetze. Wird jemand mit Anzeichen einer Seuche angetroffen, schneidet man ihm das linke Ohr ab, zur Warnung der anderen, und jagt ihn aus der Stadt. Läßt er sich ein zweites Mal blicken, ergreift man ihn und erschlägt ihn mit der Keule; dann wird der Leichnam vor der Stadt verbrannt.

Die Mutanten kommen glimpflicher davon. Sie werden einem Tabîb vorgeführt, einem von der Stadt bezahlten Arzt, der sie gründlich untersucht und dann seine Entscheidung fällt. Ist er tatsächlich ein Mutant, darf er seinen kranken Samen nicht weiterverbreiten. Er wird zum Barbier gebracht und verschnitten.

Unsere Begleiter verbrachten den Tag in einem öffentlichen Bad. Master Jack ging mit ihnen. Sie kamen erst spät in der Nacht ins Quartier und waren alle schrecklich betrunken.

Master Jack war nicht mehr in der Lage zu stehen. Zusammen mit Alkuttabu brachte ich ihn zu Bett. Die anderen fingen noch Streit mit ein paar Soldaten an, die sich über den Krach beschwerten. Seitdem hat Keiki, unser Offizier, ein Pflaster auf seiner breiten Nase und ein geschwollenes Auge.

Aus dem Tagebuch von Master Jack *30. Juni 2036*

Heute nur dies:

1) Ich glaube, die Zivilisation wird weiterexistieren. Es gibt noch öffentliche Bäder mit heißem Wasser und anderen Annehmlichkeiten.
2) Ich habe mir einen Riesenrausch angetrunken. Ich glaube, ich hatte es nötig, den Geschmack von heißer Butter hinunterzuspülen, von dem Fleurel schreibt.
3) Die Freudenmädchen von El Obeid sind so abgrundtief häßlich, daß man sie erst nach einigen Bechern Laqbî zu besteigen bereit ist, was mir (siehe 2) schließlich gelang. Ich ließ mir aber vorher das linke Ohr zeigen.

Wir sind nur vier Tage in El Obeid geblieben und nun unterwegs nach Omdurman. Zweimal hat es bereits heftig geregnet, die Wege sind aufgeweicht. Auf Schritt und Tritt sieht man ungeheure Mengen Kûli Ningilibê, die man hier Fanna Kimme nennt, rote Spinnen mit samtweichen Körpern, die bei Eintritt der Regenzeit zu Hunderttausenden aus dem Boden kriechen.

Auch die Stechmücken machen uns zu schaffen. Bei einem Händler haben wir uns prächtige weiße Fliegenwedel aus den Halskrausen von Pavianen gekauft und schlagen den ganzen Tag um uns, damit wir uns der Plagegeister erwehren. Ihr Stich kann gefährlich werden, denn weiß man, wessen Blut sie vorher gesaugt haben?

Der Fluß ist nahe. Man merkt es am Geruch der Luft. –

4 DER FLUSS

Oh the river ist deep,
the river it touches my life like
the waves on the sand

Zwei Tagesreisen vor Omdurman holten wir eine Karawane ein, die El Fascher bereits Anfang April verlassen hatte. Es waren zwei oder drei Dutzend Pilger dabei, die das Auftauchen von Master Jack mit Unmut und haßerfüllten Bemerkungen quittierten. Unter ihnen war einer dieser jungen Muhâdschirîn, die glauben, die Weisheit der Welt in ihrem kleinen getrockneten Kürbis mitzuführen, worin sie ihre dünne Tinte aufbewahren. Dieser fahrende Schüler, ich mochte ihn vom ersten Augenblick an nicht, hatte nichts Eiligeres zu tun, als sich an Master Jack heranzumachen und wichtigtuerisch um ihn herumzuscharwenzeln, der in seiner Arglosigkeit – Allah halte seine Hand über ihn – jede seiner Fragen freimütig und offen beantwortete. Und dieser Klugscheißer kritzelte alles auf sein Lôah, sein hölzernes Schreibtäfelchen, das er emsig mit seiner Fliegenschißschrift bedeckte. Das traditionelle Ziegenfell, das er trug, stank, und er selbst stank noch ärger, als hätte er sich seit El Fascher nicht mehr gewaschen.

Master Jack schien die Ausdünstung dieses scheinheiligen Ziegenbocks überhaupt nicht zu bemerken, freute sich über die Gelehrigkeit und den Wissensdurst dieses dahergelaufenen Schwätzers und erzählte ihm von seinem orbitalen Startrekking, himmlischen Karawansereien und irdischen Satelliten und anderen fliegenden Barken, die sich nächtlicherweise unter die Sterne mischen.

Und natürlich kam es, wie es kommen mußte. Kaum waren wir in Omdurman angekommen und hatten in einer Mêsschid abgesattelt, rannte dieser stinkige Ziegenbock von einem Eiferer zum Vorsteher der Moschee, der zugleich der Richter in der Stadt ist, und zeigte Master Jack wegen Gotteslästerung an. Zwei Stadtwachen kamen, legten ihn in Ketten und führten ihn ab. Weder Keiki noch Alkuttabu, weder Schuschân noch Alîfa waren aufzutreiben. Sie waren in der Stadt und in der Garnison unterwegs, um ein besseres Quartier für uns alle zu erhalten als die stinkende Pilgerherberge. Aber das ist nicht einfach. Die Stadt ist überfüllt mit Pilgern, die auf die Zusammenstellung einer Karawane nach Osten warten.

Also was tun? Ich brüllte, so laut ich konnte, und trat eine der Stadtwachen in den dicken Hintern, was mir nur einen schmerzhaften Rippenstoß mit dem Lanzenschaft eintrug und den Tadel Master Jacks, der alles widerspruchslos über sich ergehen ließ.

Es verging der halbe Nachmittag, ehe unsere vier Bewacher auftauchten. Ich war außer mir vor Wut und sagte ihnen, was vorgefallen war. Sie waren zunächst betroffen, dann zogen sie in Vorfreude auf ein Abenteuer los. Ich blieb beim Gepäck zurück, weil ich ringsum nur noch Geier erblickte.

AUS DEM TAGEBUCH VON MASTER JACK *16. Juli 2036*

Heute ist etwas sehr Unangenehmes passiert. Ein junger Mann, der uns die letzten zwei Tage auf der Reise begleitete, dessen scheinbare Wißbegier und Interesse an wissenschaftlichen und technischen Dingen mir schmeichelten und dessen Fragen über unsere Arbeit am Mt. Darwin ich bereitwillig beantwortete, hat mich bei den örtlichen Behörden wegen Häresie angezeigt. Ich wurde gefesselt vor eine Art religiöses Schnellgericht gebracht, wo man mir vorwarf, ich hätte behauptet, nicht Allah führe die Sterne über den nächtlichen Himmel, sondern eine Gruppe von weißen Ungläubigen, die sich auf einem Berg irgendwo im Süden in einer Station verschanzt hätten. Der Richter fragte mich, ob ich zu dieser Behauptung stünde, und fragte mich, ob ich wüßte, daß auf derlei gotteslästerlichem Gerede die Todesstrafe stünde, die augenblicklich vollstreckt würde. Ich bin schon einer Menge Gefahren begegnet, aber ich gesteh's, nun zitterten mir die Knie.

Zum Glück tauchten in dem Moment unsere vier Begleiter im Gerichtssaal auf, teilten an die Stadtwachen saftige Maulschellen aus und befreiten mich von meinen Fesseln.

Ich mahnte sie zur Zurückhaltung, weil ich das Temperament dieser Burschen kenne und Repressalien der lokalen Behörden befürchtete.

»In wessen Namen dringt ihr hier ein?« verlangte der Richter zu wissen.

Mir verschlug's den Atem, als Alkuttabu sein Gewehr auf ihn richtete und abdrückte. Kaum zehn Zentimeter über dem stattlichen Turban schlug die Kugel in die Wand, und ein Regen von Verputz prasselte auf den Schreibtisch nieder, unter dem der Richter zeternd Schutz suchte.

»Das nächste Mal halte ich tiefer!« brüllte Alkuttabu mit Donnerstimme. Dann fuhr er in seinem merkwürdig schnalzenden Dialekt fort: »Ich bin hier auf Befehl des Königs. Und dieser weiße Gelehrte reist im Auftrag des Königs, wie die Gelehrten des Königs nachts die Sterne um die Erde führen.« Und als würde das noch nicht genügen, fügte er hinzu: »Alle.«

Der Richter tauchte wieder hinter seinem Schreibtisch auf und donnerte mit ebenso lauter Stimme zurück:

»Dann wäre es eure Pflicht und Schuldigkeit gewesen, auf diesen Mann besser aufzupassen und euch vor mir zu legitimieren, bevor ihr euch in den Freudenhäusern umtut!«

Alkuttabu starrte ihn sprachlos an, dann wiegte er anerkennend den Kopf, Keiki und Alîfa hatten sich inzwischen den Scholaren gefaßt, der sich unauffällig hatte aus der Affäre ziehen wollen. Sie banden ihn draußen an ein Gestell, das einen Menschen raffiniert zu einer demütigenden Haltung zwingt, und bemaßen ihm mit einer für Wüstenvölker bemerkenswerten mathematischen Präzision je einhundert auf die ungewaschenen Plattfüße.

Der junge Gelehrte wird, so fürchte ich, seinen Wissensdurst ein Weilchen zügeln müssen, denn es wird sicher ein bis zwei Wochen dauern, bis er seine Bildungsreise fortsetzen kann, wenn Allah ihm keine Sänftenträger schickt. –

Wir haben wieder Quartier in der Garnison erhalten, häßlichen flachen Gebäuden um einen staubigen Innenhof, der sich bei jedem Regenguß in einen Morast verwandelt. An den rohen geweißten Wänden kriechen nachts auf der Flucht vor der Nässe schwarze Würmer hinauf, die tagsüber in der Sonne verdorren und herabfallen, Beute der Hühner, die das Geschenk des Himmels als selbstverständlich zu erachten scheinen.

Von Omdurman ist gar nicht so einfach wegzukommen. Die Autorität der Stadtbehörden und die Autorität des Königs in der Gestalt Keikis enden offenbar am Ufer, an dem sich der lehmige, im Steigen begriffene Fluß entlangwälzt.

Hier beginnt das Reich des Ngâr Ba, des Herrn des Flusses, wie sich der Hafenkapitän nennt, das Reich der Tuweîrât, der Reiter des Königs, die die Pilgerkarawanen nach

Port Sudan und zurück bringen. Diese ›Reiter des Königs‹ sind ausnahmslos Halunken und Halsabschneider, die sich an den Pilgern schamlos bereichern. Vielleicht ist aber an dem Namen doch etwas Wahres. Es würde ihn nicht wundern, sagt Master Jack, wenn Kostas ben Muchtar von El Fascher hier nicht die Hand mit im einträglichen Geschäft hätte, denn seiner Garnison müßte es ein leichtes sein, mit dem Lumpengesindel aufzuräumen.

Diese ›Reiter des Königs‹ also verlangen für ihre Dienste, den ›Schutz vor Wegelagerern, Monstern und Mutanten‹, ein Vermögen und sind nicht zimperlich, darüber hinaus noch zum Geschenk zu fordern, was ihnen ins Auge sticht. In der Tat reiten sie zur Küste durch ein Land, in dem alles Getier krank ist, selbst die Heuschrecken, und alles Wasser verdorben und ungenießbar. Wer sich über Omdurman, über die Grenze der bewohnbaren Welt, hinausbegibt, hat alles mitzuführen, was er bis zu seiner Rückkehr benötigt, Nahrung, Salz, Zucker, Wasser und nochmals Wasser.

So auch wir.

Bis Atbara wird die Reise mit einer Barke durchgeführt, einem großen Segler, der erst bei Bedarf ins verseuchte Wasser gelassen wird. Diesen Zeitpunkt bestimmt der Hafenmeister, der Ngâr Ba, zusammen mit den Tuweïrât, den Reitern des Königs, die unablässig den Fluß beobachten und seine Gefährlichkeit abschätzen. Wundersamerweise fällt der günstigste Zeitpunkt, an dem die Verseuchung ein Minimum erreicht, stets mit einem Zeitpunkt zusammen, an dem sich ein Maximum an Pilgern angesammelt hat, so daß das Boot, allenfalls für hundert Menschen und zweihundert Tiere ausgelegt, mit dreihundertfünfzig Tieren und zweihundert Pilgern beladen werden kann.

Unserem Ansinnen, die Dienste der ›Reiter des Königs‹ nur bis Atbara in Anspruch zu nehmen, begegnete man mit wohlwollendem Achselzucken. Dies würde man gnädigerweise gestatten, wenn der volle Betrag für den ›Schutz vor Wegelagerern, Monstern und Mutanten‹ bis Port Sudan voll entrichtet würde.

Das Wort des Königs, dem Keiki mit Fausthieben auf den Tisch des Hafenmeisters Nachdruck verlieh, vom schnalzenden Zähnefletschen Alkuttabus drohend unterstrichen, fruchtete nichts. Wir mußten bezahlen. Alle Tiere hatten wir verkauft – zu Schleuderpreisen, versteht sich. Dabei kostet hier schon das Wasser das Zehnfache des üblichen Preises, weil es aus Quellen, fünfzehn und zwanzig Meilen entfernt, herangeschafft werden muß; denn wer wollte vom Wasser des Weißen oder Blauen Nils trinken?

Als wir den Strich unter die Rechnung zogen, hatten wir beide, Master Jack und ich, lange Gesichter. Es reichte gerade noch, unsere vier Freunde und Begleiter zum Essen einzuladen. Es wurde ein unvergeßlicher Abend, und ich schwör's, ich hätte bald selbst das Schnalzen beim Reden angefangen, wenn ich noch länger mit Alkuttabu beisammen gewesen wäre.

Am nächsten Morgen ritten sie fort. Wir gingen an Bord des Seglers. Am Heck hing ein elendes Boot aus Mimosenholz, mit dem wir die Katarakte zu bezwingen trachteten. Wir hatten es mit einem neuen Schilfdach ausstatten lassen und unser Gepäck und unsere Vorräte an Wasser und Nahrungsmitteln an Bord gebracht. Die Tatsache, daß es angebunden hundert Meilen harmlos im Kielwasser des Schiffes schwimmen durfte, kostete den Gegenwert von acht Ziegen – soviel verdient ein erfahrener Karawanenführer in Kotoko kaum in einem Monat.

Der Hafenmeister, der sich auch Abû Medf'a nennt, der Vater der Kanonen, weil er die beiden Geschütze, die einst vor dem Präsidentenpalast von Khartoum vor sich hin rosteten, hat über den Fluß bringen lassen, um sie vor seinem Amtssitz am Hafen aufstellen zu lassen, wo sie nun vor sich hin rosten, erschien in einer Galauniform, als das Schiff ablegte. Eine Musikkapelle spielte die Nationalhymne des Sudan, und die grün-weiße Flagge des Königs wurde aufgezogen. So erhielten wir wenigstens für unser Geld noch ein ansehnliches Spektakel, während wir den Rand der Welt losließen und ins Ungewisse hinaustrieben, in die geschwollenen vermischten Wasser des Weißen und des Blauen Nils, von denen erstere eher graugrün, letztere eher gelb aussahen.

Aus dem Tagebuch von Master Jack *14. August 2036*

Sie machen hier ein gewaltiges Tamtam um die Verseuchung des Flusses. Ich habe die Radioaktivität gemessen. Selbst jetzt, bei Hochwasser, da durch die Niederschläge am meisten von den radioaktiven Stäuben in Äthiopien, Kenia und Uganda in die Flüsse geschwemmt wird, ist die Radioaktivität vergleichsweise harmlos und kann ohne Schaden über Wochen hinweg ertragen werden. Das Drumherum ist hier vielmehr ein ertragreiches Geschäft, das vom ›Vater der Kanonen‹ in Zusammenarbeit mit den ›Reitern des Königs‹ und gewiß mit königlicher Billigung und finanzieller Beteiligung betrieben wird.

Ich sagte dem Hafenmeister, daß ich nicht daran dächte, die gewaltige Summe für den ›Schutz vor Wegelagerern, Monstern und Mutanten‹ zu entrichten, ich mich sehr wohl selbst zu schützen wisse und sofort an Bord unserer kleinen Kheasaht gehen und auf eigene Faust lossegeln würde. Das sei bei Strafe verboten, erwiderte er und drohte, das Boot und unsere Vorräte zu beschlagnahmen, wenn ich dies versuchen sollte. Diese Halsabschneider wissen ihr Monopol zu schützen, reden sich immer wieder auf die Gefahren jenseits des Randes der Welt hinaus, die zu bezwingen offenbar nur sie in der Lage seien.

Und welch ein Aufhebens um die Gefährlichkeit des Wassers! Wäre es nicht so von Schlamm verschmutzt, ich hätte Lust, zur Demonstration daraus zu trinken.

Einer der Tuweïrât, sein Name ist Hassan, sagte mir, daß weiter den Fluß hinab überall Menschen wohnen. Freilich seien die meisten krank, aber wer sei am Rande der bewohnten Welt schon gesund? Und die meisten seien Weiße. Man müsse sich vor einer Begegnung mit ihnen in acht nehmen, denn sie seien schier unerschöpflich in der Erfindung aller möglichen heimtückischen Waffen.

Er berichtete auch von seltsamen Lichterscheinungen am nördlichen Himmel, von auf- und niedersteigenden Feuern wie von gewaltigen Meteoren. Das scheint mir ein ziemlich sicherer Hinweis darauf zu sein, daß tatsächlich in der Nähe die Raumfahrtaktivitäten stattfinden, die wir auch beobachtet haben. Bin ich meinem Ziel nahe? Sind es tatsächlich Außerirdische? Ich halte es allmählich nicht mehr für ausgeschlossen, denn welcher Staat im Nahen Osten hätte das Know-how und die technischen Möglichkeiten *nach* dem Krieg, über die er schon vorher nicht verfügte?

Aber in Gestalt des Horus? In Gestalt von Skarabäen? Ausgerechnet in Gestalten der ägyptischen Mythologie? Eine unwahrscheinliche Koinzidenz.

Er habe mit eigenen Augen noch keinen von diesen Skarabäen oder Vogelköpfigen gesehen, sagte der Tuweïrât, aber er glaube, daß es sie gäbe. Sie seien aus Osiris Land, dem Totenreich, emporgestiegen, voller Empörung, als das Reich der Ägypter ausgelöscht und sechs Jahrtausende Kultur ins Meer gefegt wurden.

Es gibt keine Historiker mehr, die sich den Kopf darüber zerbrechen könnten, weshalb und wie es zu dem heimtückischen Anschlag kam. Als er verübt wurde, war der Krieg bereits in vollem Gange. Während des persischen Bürgerkriegs, zu dem der Tod Khomeinis das Signal gegeben hatte, unterstützte die Sowjetunion offen die Mudjaheddins mit Waffen und Hilfslieferungen, betrieb vom Yemen aus den Sturz der Monarchie in Saudi-Arabien, das die Söldner Banisadrs bezahlte, und ließ Truppen an der Grenze zum Iran aufmarschieren. Der Funke, der die Explosion auslöste, entzündete sich jedoch nicht am Golf, sondern im Mittelmeer. Wer die *Nimitz* mit Atomraketen in eine nukleare Hölle verwandelte, wird sich wohl nie mehr klären lassen; es könnten durchaus landgestützte gewesen sein, die Gaddafi hatte abfeuern lassen – für günstige Öllieferverträge war in den achtziger Jahren alles zu haben –, denn nach den wiederholten Demütigungen in der Großen Syrte durch die 6. US-Flotte hatte er einige Male gedroht, den »Juden in der Wallstreet und ihren drittklassigen Statisten von Hollywood eins aufs Maul zu geben«. Aber wie dem auch sei, es waren sowjetische Flottenverbände in der Nähe – und die direkte Konfrontation war da. Und während der Kriegsbrand binnen Stunden den Vorderen Orient und die Golfregion und binnen Tagen Europa und schließlich die ganze Welt erfaßte, setzte Gaddafi seine Wahnsinnsidee in die Tat um, »den kapitalistischen Hofnarren am Nil zu ersäufen«, der ständig seine Grenzen bedrohte und nur auf einen Vorwand lauerte, sich an einer Invasion der libyschen Ölfelder zu beteiligen und sich seinen Anteil zu sichern. Ein paar Kampfbombern gelang es tatsächlich, den angeblich ›bombensicher‹ gebauten Assuan-Damm entscheidend anzuknacken – den Rest besorgte das angestaute Wasser. 160 Milliarden Kubikmeter – mehr, als der Nil in zwei Jahren insgesamt transportiert – donnerten das Flußtal hinunter. Ich habe Satellitenbilder von dieser tödlichen Wasserwalze gesehen, die wie im Zeitlupentempo Edfu, Luxor, Assiut und schließlich Kairo auslöschte, bevor sie sich über Alexandria und Port Said hinweg ins Meer ergoß. Die Druckwelle, die die Wassermassen erzeugte, knickte Bäume wie Streichhölzer und wirbelte Häuser davon wie Laub.

Und dann folgte der Schlamm. Milliarden Tonnen von Nilschlamm, in zwei Jahrzehnten hinter dem 3600 Meter langen Damm im Totraum abgelagert, wurden vom ausfließenden Wasser mitgerissen und legten sich wie ein braunes Bahrtuch über die 40 Millionen Bewohner des Tals, füllten das Tal der Könige, begruben Kairo unter einer zehn Meter dicken Lößschicht und deckten die Fundamente der Pyramiden zu.

Noch im folgenden Jahr war das östliche Mittelmeer bis hinauf nach Kreta und Rhodos deutlich verfärbt, und die Hochwasser, die an manchen Stellen die 5-Meter-Marke überschritten, hatten streckenweise den Küstenverlauf verändert. Wie die Zunge eines qualvoll verendeten Tiers streckte sich das Delta weit nach Norden. –

Die Tuweïrâts und Pilger haben uns verlassen. Sie folgen den Gleisen der alten Bahnlinie nach Port Sudan, auf der, wie Master Jack sagt, Karawanen auf Rädern gerollt seien, die – so unglaublich es klingt – die Strecke bis zum Meer in einem Tag geschafft hätten.

Der Segler liegt noch an der Anlegestelle und wartet auf günstigen Wind. Um so schneller kommen wir voran, weil er aus Süden bläst. Atbara ist nur ein Fort, hat aber keine Einwohner und auch keine Garnison, weil es hier kein Wasser gibt außer dem des Nils.

Am Abend machen wir an einer Insel fest und schlafen im Boot. Morgen werden wir den Fünften Katarakt durchfahren. Den Sechsten haben wir angeblich mit dem Segler ›bezwungen‹. Ich habe ihn gar nicht bemerkt. Wahrscheinlich habe ich ihn verschlafen.

»Ihr verlaßt nun das Land der Menschen«, sagte der Kapitän des Seglers bedeutungsvoll. »Ihr begebt euch vorsätzlich aus Allahs Hand und betretet das uralte Land des Osiris, das Totenreich, aus dem es keinen Weg zurück gibt.«

In dieser Nacht habe ich mit dem Leben abgeschlossen und fand kaum Schlaf, blickte über das Wasser hin, das sich hier rasch bewegt und seufzend an den Ufern entlangstreift, als eilte es tatsächlich dem Rande der Welt zu, um sich ins Nichts zu ergießen.

Da sah ich über den Berg im Norden einen Lichtfunken in den mondhellen Nachthimmel steigen, eine kleine rotgoldene Feuerzunge, die eine silbrige Narbe riß, welche aber bald wieder verschwand, während der Funken sich lautlos weiter hinauffraß, allmählich nach Osten bog und, immer kleiner werdend, dem östlichen Horizont zustrebte.

Ich weckte Master Jack, und er verfolgte den Funken schweigend mit seinem Glas. Dann sagte er: »Eindeutig eine Rakete, die in eine Umlaufbahn geschossen wird. Beschîr, unser Ziel ist nicht mehr fern.«

Ich aber dachte an die Worte des Kapitäns und an den Rand der Welt, dem die Wasser des Flusses zueilten. Mir war bang ums Herz.

»He, Beschîr!« sagte Master Jack am nächsten Morgen, während er das Segel am Mast hochzog und das Boot in die Flußmitte steuerte. »Was machst du für ein Gesicht? Jetzt beginnt das eigentliche Abenteuer! Jetzt stoßen wir ins Unbekannte vor!«

Das Unbekannte bestand zunächst darin, daß die Felsufer immer höher wurden und enger zusammenrückten, das Wasser mit schwindelerregender Geschwindigkeit dahinschoß, und unser Kheasaht mit ihm.

Bevor es aber gefährlich wurde, wichen die Ufer zurück, und das Wasser strömte wieder breiter und gemächlicher dahin.

Am Abend legten wir an der Insel Mograhd an. Ein Stück weit flußabwärts am rechten Ufer sah man die Ruinen von Abu-Hammed. In der Nacht sahen wir ein Feuer am linken Ufer und hörten über dem murmelnden Wasser menschliche Stimmen.

Wie, fragte ich mich, können jenseits des Randes der Welt Menschen leben? Oder sind es schon die Toten von Osiris Land? Fragen, wie man sie sich des Nachts bang stellt und vor sich her wälzt wie schwere kalte Steine und die im Morgenwind davonsegeln, als hätte die Sonne ihnen mit ihrem Licht alles Gewicht genommen.

Die Bewohner am Fluß waren jedenfalls sehr lebendig, wie wir sehen konnten, und in einer Flußkrümmung wurden wir, als wir zu nahe ans Ufer gerieten, mit Pfeilen beschossen, die aber harmlos ins Wasser platschten.

Master Jack holte seine Armbrust heraus und legte einen Köcher mit Pfeilen zurecht. Aber von Mittag an hatten wir alle Hände voll zu tun und konnten keinen Blick ans Ufer verschwenden, weil wir immer tiefer in den Hexenkessel des Vierten Katarakts gerieten, den Battn el Hadjar, den Bauch der Steine. Der Fluß war nun ganz von schwarzen Felsen eingeschlossen. Das Wasser schäumte so laut dagegen, daß man sich nur mit Schreien verständigen konnte, und zuweilen teilte sich der Strom in mehrere Arme, doch Master Jack hatte keine Zeit, sich zu überlegen, in welches der Felsentore er uns steuern sollte. Das Boot schoß blindlings dahin, es scheuerte Felsbänke entlang, wurde knackend und ächzend gegen Steine so groß wie Häuser gedrückt, kam zum Stillstand, wurde weitergerissen. Ich kauerte klatschnaß in der Mitte und schöpfte wie ein Besessener mit einer Kürbishälfte Wasser über die Bordwand, während Master Jack stehend das Steuer bediente, um ein Auge auf die Fahrrinne vor dem Bug zu haben. Und während ich nicht wußte, ob ich mehr vor Nässe oder vor Furcht zitterte, schien ihm der höllische Ritt ausgesprochen Spaß zu machen, denn ich hatte ihn noch selten so fröhlich gesehen.

So ging es weit bis in den Abend hinein, und die Sonne war längst untergegangen, als wir endlich in ruhigeres Wasser kamen und nach einem Landeplatz Ausschau halten konnten.

Wir ließen alle Vorsicht beiseite, zündeten ein Feuer aus Schwemmholz an, trockneten unsere Kleider und kochten uns eine kräftige Mahlzeit aus weißen Bohnen und getrocknetem Fleisch.

Die Sonne sank wie ein gedunsener fauliger Kürbis. Der Himmel leuchtete noch Stunden nach ihrem Untergang, als stünde der westliche Horizont in Flammen, und der Fluß sah aus wie frische Kupferschmelze.

»Das Wetter schlägt um«, sagte Master Jack. Und er sollte recht behalten.

Am nächsten Morgen blies uns ein naßkalter Wind aus Südwest ins Gesicht, und wir konnten das Segel nicht setzen. Gemächlich trieben wir dahin, verfallene Dörfer und Städte zogen vorüber. Manchmal sahen wir Menschen, eine Hand wurde gehoben, ein Speer, einmal sahen wir auch Boote am Ufer liegen, doch keins wurde zu Wasser gelassen. Wir blieben unbehelligt.

Drei Tage später durchfuhren wir den Dritten Katarakt. Er ist längst nicht so schauerlich und dunkel wie der Vierte. Der Fluß ist von großen Felsblöcken durchsetzt, an denen die Flut gischtend auf und nieder stampft wie an den Steven großer Schiffe, und einige dieser Felsblöcke tragen die Ruinen von Burgen und Schlössern. Alles wirkte schrecklich tot.

Ob Hazâz noch lebt?

Wir haben das ehemalige Becken des Lake Nasser erreicht, wie man an den Ablagerungen am Ufer erkennen kann. Palmen und Büsche säumen das Ufer. Manchmal sind Menschen zu sehen, viele Weiße darunter, wie ich durchs Glas erkennen kann. Die meisten gehen nackt.

Ich scheue mich, das Ufer anzusteuern und mit ihnen in Kontakt zu treten, denn ihre Reaktionen waren bisher fast immer feindlich, was ihnen gewiß nicht zu verdenken ist. Der Überlebenskampf muß schrecklich sein, möglicherweise Kannibalismus. Wir halten uns in der Mitte des Flusses.

Man sieht manchmal Boote, wir haben aber noch keins im Wasser entdeckt. Wahrscheinlich Scheu vor dem verseuchten Fluß. Die Radioaktivität ist jedoch minimal, vielleicht biologische oder chemische Stoffe. Konnte noch keinen Fisch entdecken. Auch kein Krokodil.

Wir nähern uns Wadi Halfa. –

Die Schellahl des Zweiten Kataraks waren die schlimmsten. Senkrechte Felswände links und rechts, zwischen denen der Fluß brausend und schäumend dahinschießt – und wir darüber wie ein Pfeil.

Ich habe Stunde um Stunde Wasser geschöpft, denn unser Boot, das ächzte und in allen Spanten und Fugen knackte, leckte immer mehr. Doch die Angst habe ich verloren. Master Jack ist ein großartiger Bootsmann. »Ich bin den Lualabe und den Kongo herabgefahren«, sagte er, »mich kann kein Wasser mehr schrecken.«

Wir fuhren tagelang zwischen ausgetrockneten Lehmwänden dahin, die schlammigen Ablagerungen des Stausees, in die sich der Fluß ein neues Bett gegraben hat. Sie sind in allen Farben zwischen Rot, Ocker, Braun und

Schwarz quergestreift. Das sind die Jahresringe, erklärte Master Jack. Der Anblick ist schön, wäre aber noch schöner gewesen, wenn die schreckliche Hitze nicht gewesen wäre. Es regte sich kein Lüftchen, und wir fühlten uns wie Hühnchen in einem Backofen. Ich mußte meine Lust bezähmen, über Bord zu springen und ein erquickendes Bad zu nehmen. Das könnte sehr unerquicklich werden, meinte Master Jack. Er hatte recht. Mich juckten Hände und Arme, mit denen ich beim Schöpfen viel mit dem Flußwasser in Berührung gekommen war.

Gegen Mittag sahen wir das verrostete Gerippe eines breiten, kastenförmigen, eisernen Schiffes aus der Lehmwand hängen, in der es eingebacken war, den Bug nach oben gereckt, die zermalmten Aufbauten nach unten. Immer wieder stießen wir im Sand und in seichten Kuhlen am Ufer auf Knochen von Tieren und Menschen, einmal sahen wir auf einer hohen Sandbank ein Krokodil. Es war mausetot und ausgetrocknet wie ein Dörrfisch.

Aus dem Tagebuch von Master Jack *1. September 2036*

Wir nähern uns Assuan. Es ist ein unvergeßliches Schauspiel. Der Damm ist eine der eindrucksvollsten Ruinen der Welt. Es ist, als glitte man im Kielraum eines gewaltigen Supertankers auf den zerschmetterten Bug zu, einem Kielraum von zehn Kilometern Länge und dreieinhalb Kilometern Breite, der links und rechts etwa hundert Meter aufragt. Der Fluß, obgleich von Hochwasser angeschwollen und von den Resten des Damms zurückgestaut, wirkt wie ein Rinnsal zwischen den mächtigen Flanken. Dort, wo das Wasser durchgebrochen ist und sich eine Schneise hindurchgefräst hat, ragten wie schwarzes Gewölle rostige Armiereisen aus der Wunde bis hinauf zur Dammkrone, worin sich Bäume, Reste von Booten und zahllose Kadaver verfangen haben, die die Sonne mumifiziert hat. Wir gleiten vorsichtig durch den grausigen Cañon. Das Wasser ergießt sich in einem flachen Katarakt über die Reste der tiefliegenden Staumauer und dahinter angesammeltes Geröll in einem flachen See, in dem geborstene und rundgeschliffene Betonbrocken und Maschinenteile verstreut liegen.

Die Stadt Assuan ist verschwunden. –

Wir haben die Nacht dicht unterhalb des Damms auf einer kleinen Insel verbracht. Am Morgen habe ich Master Jack ans Ufer gerudert. Während ich das Boot zur Insel zurücksteuerte und sie durchstreifte, ist Master Jack den ganzen Tag auf der Dammruine herumgeklettert. Erst bei Sonnenuntergang kam er wieder zurück.

Wir blieben einen zweiten und einen dritten Tag, und Master Jack hat eine ganze Menge Blätter vollgezeichnet, auf denen die Dammruine in allen Einzelheiten zu sehen ist.

Tags darauf stießen wir auf ein seltsames Hindernis. Es war eine Art Vorhang aus einem weißen Gespinst, der von Ufer zu Ufer gespannt und mit weißen Wurzeln am Ufer verankert war. Er schwamm auf der Oberfläche, und seine Fasern schienen tief ins Wasser hineinzuhängen. Das Eigenartigste war, daß dieses Gebilde sich bewegte, als wäre es ein Lebewesen; es pulsierte, zog sich zusammen und erschlaffte wieder. Wir fuhren vorsichtig heran. Es war ein zähes, schwammiges Gewebe, über das der Kiel des Bootes mühelos hinwegglitt.

»Unglaublich«, sagte Master Jack, der es befühlte und mit seinem Ticker herumhantierte. »Ich wette, daß dies lebendiges Gewebe ist. Und es ist in der Lage, das Wasser zu reinigen. Unterhalb der Barriere ist die Radioaktivität gleich Null, und auch sonst scheint das Wasser wesentlich sauberer zu sein.«

Bis zum Abend begegneten wir noch vier weiteren solcher Barrieren. Das verbesserte Wasser veränderte das Aussehen der Ufer. Wo vorher trockene, lehmige Einöde gewesen war, wuchsen hier saftiges Gras, Büsche und Palmen. Man sah Ziegen und immer wieder Schilfhütten, zwischen denen ab und zu Menschen auftauchten. Wir steuerten vorsichtig eine Insel an und machten unser Boot fest, suchten uns einen Lagerplatz. Drüben am linken Ufer waren Ziegen im Fluß und tranken. Ein nackter Mann stand dabei, auf seinen Speer gelehnt. Master Jack rief ihn an. Er gab keine Antwort, verschwand mit seinen Tieren in den Büschen.

Wir wagten es zum ersten Mal, ein Bad im Fluß zu nehmen. Es war eine Wohltat. Master Jack schöpfte einen Topf voll Wasser und kochte es lange ab. Dann trank er einen Schluck. Ich beobachtete ihn mit angehaltenem Atem und betete zu Allah, ihn nicht tot niedersinken zu lassen. Mein Gebet wurde erhört, doch ich beschloß, Master Jack auch in den nächsten Stunden nicht aus den Augen zu lassen.

Es war noch nicht ganz Nacht, als wir Geschrei von der Tränke hörten. Wir fürchteten schon einen Angriff und starrten hinüber durch die sinkende Dämmerung. Master Jack durch sein Glas.

»Es ist also wahr«, flüsterte er. »Es ist wahr!«

»Was, Master Jack?«

Er reichte mir das Glas, und ich blickte hindurch. Durch die künstlichen Augen gesehen, schien es am Ufer noch heller zu sein.

Ich erblickte ein Durcheinander von Leibern, die zwei Wesen umringt hatten und mit Keulen auf sie einschlugen, obwohl diese sich nicht wehrten. Die beiden Gestalten sahen aus wie überdimensionale aufrecht gehende Insekten mit dunkelbraunen Panzern und langen Fühlern, die ihnen über großen Facettenaugen wie Widderhörner aus dem Kopf wuchsen und über den Schultern den Rücken hinabhingen, während die Vordergliedmaßen in scherenartigen Greifwerkzeugen endeten. Verblüffend war, daß diese so wehrhaft aussehenden Geschöpfe nicht die geringsten Anstalten zur Gegenwehr unternahmen, obwohl man nun mit Messern und Speeren nach ihnen stach. Schließlich wurden sie niedergerissen und verschwanden unter einem Knäuel von nackten menschlichen Leibern. Triumphgeheul drang herüber.

»Was ist das?« fragte ich atemlos.

»Vielleicht sind's jene, die ich suche«, antwortete Master Jack. »Derentwegen ich die lange Reise unternahm.«

»Dann sind wir zu spät gekommen, Master Jack«, sagte ich. »Sie sind tot.«

Er hob das Glas an die Augen. »Mein Gott«, flüsterte er. »Weshalb tun sie das?«

In dem Moment fuhr ein Blitz aus dem Himmel nieder, der den Fluß und die Ufer in grellweißes Licht tauchte. Geblendet hielten wir uns aneinander fest, während ein Donner die Luft erzittern ließ, wie ich noch nie einen vernommen hatte. Als er verebbt war, hörten wir Schmerzensschreie von der Tränke, doch weder Master Jack noch ich hielten es für geraten, diesen brutalen Wilden in der Dunkelheit zu Hilfe zu eilen. Das Heulen und Wimmern war die ganze Nacht über vom Ufer zu hören. Wir wachten immer wieder auf, während das Licht in unseren Augen nachgloste.

5 DAS GESPINST

Is there anybody
out there?

Beim ersten Tageslicht wagten wir hinüberzurudern. Master Jack hielt den Ticker vorsichtig über den Bug gestreckt, doch er rührte sich nicht. Es war weder eine schwarze Stelle noch der Krater eines Einschlags zu sehen. Was wir zuerst bemerkten, war, daß die Insektenwesen keineswegs Skarabäen oder gar Kakerlaken ähnelten, sondern Zweibeiner waren, deren Beine und Körper in einem glänzenden dunkelbraunen Exoskelett steckten. Die Beine endeten wie die oberen Gliedmaßen in schmalen dreigliedrigen Zangen, die sich zum Gehen sicher ebensogut eigneten wie zum Greifen und Hantieren. Die mächtigen Brust- und Rückenpanzer waren von Hieben und Stichen durchlöchert und zerfetzt, von den hochgewölbten Köpfen und den großen schwarzen Augen war wenig übriggeblieben als graue und weißliche Gewebsmasse. Offenbar wurde der größte Teil des Kopfes vom Gehirn eingenommen, das man herausgerissen und dabei ziemlich zerstört hatte, wahrscheinlich um es zu essen.

Die Menschen, es waren elf, neun davon Weiße, machten einen erbärmlichen Eindruck. Die meisten standen immer noch unter Schock und lagen gelähmt da, wo das Feuer sie zu Boden geschleudert hatte. Ein paar hatten sich aufgerappelt, waren zum Ufer gekrochen und schöpften sich mit der hohlen Hand Wasser ins Gesicht, um die geblendeten Augen zu kühlen.

Wir machten das Boot fest und gingen auf die Verletzten zu. Master Jack beugte sich über eine kleine hellhaarige Frau mittleren Alters, die nackt am Ufer kauerte; ihre üppigen, aber schon erschlafften Brüste baumelten wie Kalebassen über dem Wasser.

»Kann ich Ihnen helfen?« fragte Master Jack.

»He!« rief die Frau und lauschte mit schräggelegtem Kopf, während ihre geblendeten Augen Master Jack suchten. »Habe ich richtig gehört, junger Mann? Hast du mich gefragt: Kann ich Ihnen helfen?« Sie lachte ein ersticktes Lachen. »Bist du vom Internationalen Roten Kreuz oder von der UNESCO oder einer dieser legendären Hilfsorganisationen, von denen man nie mehr etwas gehört hat?«

»Ich fürchte nein«, sagte Master Jack. »All dies gibt's nicht mehr.«

»Dacht' ich mir's doch«, sagte die Frau mit einem häßlichen Grinsen. »Zeig mal deinen Schwanz her! Ich seh' nicht mehr so gut, nachdem dieses Ding wieder sein Feuer auf uns gespuckt hat. Ist er schwarz oder weiß? Obwohl's mir inzwischen scheißegal ist.«

»Was ist das für ein Ding, das Feuer auf euch spuckt?«

»Das Ding, das *Ding* eben, das sich da oben im Norden eingenistet hat, alles mit seinem Gespinst überzieht und seine Kakerlaken die Erde durchwimmeln läßt, in der es nichts verloren hat.«

»Hör zu!« Sie packte mit festen Griff Master Jacks Bein, der es sichtlich unbehaglich geschehen ließ, während ich mit einer Mischung von Ekel und Faszination auf die baumelnden Brüste starrte. »Ich weiß nicht, wer du bist. Aber wenn du die Macht hast, töte es! Dieses Ding hat alles Unheil über die Erde gebracht, um sie in Besitz zu nehmen. Es hat die Menschheit vernichtet wie Ungeziefer.«

»Das haben wir doch wohl selbst besorgt.«

»Unsinn! Niemals. Es geschah in seinem Auftrag. Für das

»Fast wie der Schulp eines Tintenfischs«, sagte Master Jack, der neben mir stehengeblieben war. Über dem Heck war ein flatternder Baldachin aufgezogen, von einer ungewöhnlich intensiven hellblauen Färbung, die in dieser graubraunen kahlen Umgebung etwas Unwirkliches hatte.

Ich hatte beim Anblick dieses Gefährts spontan den Eindruck, daß es sich dabei um ein erbarmungswürdiges Lebewesen handelte, das irgendwie gescheitert und in Schwierigkeiten war. Um das Schiff wimmelten etwa 25 oder 30 dieser Insektenmenschen, offensichtlich darum bemüht, es wieder in die Luft zu bringen, denn der Kiel der fliegenden Barke lag auf Grund. Davor stand reglos ein Vogelköpfiger, die Arme über der Brust verschränkt, und starrte zu uns herüber.

Ich sah Master Jack an. Er reckte das Kinn entschlossen vor und stieß die Armbrust hinter die Schultern zurück, nach der er unwillkürlich gegriffen hatte, und stapfte los. Ich folgte ihm mit großen Schritten, um an seiner Seite zu bleiben. Wir wußten beide nicht, daß wir nun mit jedem Schritt die Wirklichkeit, wie wir sie kannten, endgültig verließen.

AUS DEM TAGEBUCH VON MASTER JACK *5. September 2036*

Es ist also tatsächlich wahr: Wir haben Außerirdische vor uns. Obwohl ich seit zwei Jahren die Möglichkeit in Betracht gezogen habe und nun seit Wochen nicht mehr daran zweifle, nun, da die unmittelbare Konfrontation bevorsteht, erscheint sie mir unwirklich und absurd.

Die Situation ist auf vertrackte Weise banal. Soll ich mich zum Vertreter der letzten Reste der Zivilisation aufwerfen und sie mit Wortgeklingel willkommen heißen wie der Bürgermeister einer Stadt, der den Magistrat einer ausländischen Patenstadt empfängt? Ich sah mich eher in der Rolle eines Hausvaters, dem unverhofft Besuch hereingeschneit ist und der sich mit Bestürzung daran erinnert, daß in der guten Stube ein Zimmerbrand gewütet hat.

›Entschuldigen Sie bitte, uns ist eine entwicklungsgeschichtliche Panne passiert. Wir waren bei der Lösung unserer waffentechnischen Probleme schneller als in der Lösung gewisser Probleme rassischer und ideologischer Art. Manche behaupten, ein bißchen Todessehnsucht sei dabei gewesen, ein bißchen Lust am Untergang. Ich halte das für übertrieben. Tatsache aber ist: Die Ergebnisse einer ebenso halbherzig wie sparsam betriebenen Friedensforschung erwiesen sich als untauglich, als der Run auf die letzten Ressourcen begann. Da platzte so einiges an zivilisatorischem Firnis ab. Sie sehen ja selbst, wie es hier aussieht. Vor fünfzig Jahren waren wir noch drei oder vier Milliarden mehr. Aber wir wollen da nicht so zimperlich sein. Wieviel wir heute noch sind, ist gar nicht so leicht festzustellen. Fest aber steht, daß weite Gebiete dieses einst so schönen Planeten einige Generationen lang unbewohnbar sein werden, und manche vielleicht für alle Zeiten. Hinzu gekommen sind einige Millionen Mutanten, mit denen man sich schwerlich arrangieren wird, weil der ohnehin arg verseuchte Genpool sonst noch mehr versaut wird. Für künftigen Zündstoff ist also schon gesorgt. Aber um die ganze Geschichte nicht ausschließlich negativ zu sehen, um ihr auch einen sozusagen konstruktiven Aspekt abzugewinnen, sie hatte eine regulative, um nicht zu sagen kathartische Funktion: Wir haben uns auf eine zivilisatorische Stufe zurückgebombt, der wir – so hoffe ich doch, oder sind Sie anderer Ansicht? – entwicklungsgeschichtlich gewachsen sind. Urteilen Sie also nicht zu hart, seien Sie nachsichtig. Wir sind schon dabei, die Ärmel hochzukrempeln und den Dreck wegzuräumen. Seien Sie willkommen

hier und fühlen Sie sich ... Pardon, ich wollte Sie wirklich nicht beleidigen. Das ist mir nur so rausgerutscht.‹

Vor mir stand der Horus, ein faszinierendes Geschöpf. Genau so, wie ich es auf vielen ägyptischen Darstellungen gesehen habe. Die überschlanke menschliche Gestalt von dunkler Hautfarbe, die langen zartgliedrigen Arme und Beine, der geschlechtslose schöne Leib, der in seiner Makellosigkeit etwas Künstliches, Künstlerisches hatte. Und darüber der Kopf mit seinem prächtigen blaugrünen, metallisch glänzenden Gefieder, das bis auf die Schultern herabfiel. Das Eindruckvollste aber waren die Augen: von einem harten, undurchdringlichen Schwarz und in ihrer Blicklosigkeit unergründlich wie geschliffener Obsidian. Trotzdem verrieten diese Augen Intelligenz, die kompromißlose, durch keinen Schein zu beeindruckende, in ihrer roboterhaften Zielstrebigkeit grausame Intelligenz eines Spähers, dessen Optik jedes Photon aufsaugt, aber nichts über den Empfänger preisgibt.

Dazwischen der gekrümmte, schwarze, halb fragend geöffnete Schnabel, die aufgewölbte blauschwarze Zunge.

Horus, der Falkenköpfige. Haben die Geschichtenerzähler von Omdurman recht? Sind die Götter des Alten Ägypten dem Totenreich entstiegen, in das sie die Seelen und die Leiber der Pharaonen geleiteten? Sind sie zurückgekehrt aus Osiris Land?

Das waren die Biotane eines anderen Voyageurs. Ich fuhr herum, erblickte niemanden. Beschîr sah mich erschrokken an. *Aber er führte auch den mit sich, den du den Horus nennst.*

»Was ist, Master Jack?«

»Hast du die Stimme nicht gehört?«

»Ich habe nichts gehört.«

Ich vergesse immer, daß für euch Augenwesen ein sichtbares Gegenüber da sein muß, damit ihr nicht irritiert seid.

Nehmt Platz, ich werde eins arrangieren. Der Defekt wird gleich behoben sein, dann heiße ich euch an Bord willkommen.

Mit einem durchdringend schrillen Klirren, als prallten Glasperlen mit unvorstellbarer Geschwindigkeit aneinander, erhob sich der Bug der Barke vom Boden hoch und schnellte hin und her, während das Heck auf dem Sand zurückblieb. Dann erstarb das Klirren, und der Bug fiel auf den Sand zurück. In einem erneuten Versuch mit verdoppelter Anstrengung gelang es der Barke schließlich, sich ganz in die Luft zu erheben und in etwa drei Meter Höhe lautlos über dem Boden zu schweben.

Der Horus hob den Kopf, als lauschte er einer unhörbaren Stimme. Dann machte er eine Geste, mit der er uns bedeutete, an Bord zu gehen.

Eine Schlinge wurde herabgeworfen, und ich trat hinein. Sie krampfte sich wie ein Muskel zusammen und zog mich an Bord. Beschîr und der Horus folgten. Während die Unterseite des Gefährts eher wie ein schwammiges Gewebe wirkte, aus dem auf der ganzen Länge von etwa zwölf und der Breite von knapp vier Metern zwei bis drei Dutzend Tentakel hingen, von denen einige bis auf den Grund reichten, war die Oberfläche zäh und hart wie Schildpatt, verformte sich jedoch augenblicklich und wurde elastisch, als wir uns niederließen. Zwischen Beschîr und mir begann Rauch aufzusteigen, dann erblühte ein rotseidiger Federstern, der sich immer wieder verformte und die Färbung nuancierte, bis es die Gestalt eines Meeresgeschöpfes hatte, das in einer unmerklichen Strömung waberte und wallte.

Das ist die Tentakelkrone eines hiesigen Röhrenwurms, sagte das Wesen. *Tatsächlich kommt sie einer meiner Generationsgestalten sehr nahe, die ich sehr schätze. Ich bin Katen, ein Voyageur, und hörte deine sarkastische ›Begrüßung des Hausvaters‹. Sie gefiel mir, weil sie den Tatsachen ziemlich nahekommt. Ich bin hier kaum Eingeborenen begegnet, mit denen ich mich hätte unterhalten können. Komm mit nach Norden und sei mein Gast. Ich entnehme deinen Gedanken, daß dies ohnehin dein Ziel war.*

»Ja, das ist richtig. Seit dem Frühjahr 2034 beobachten wir Raumfahrtaktivitäten in diesem Bereich, doch keins unserer Signale wurde beantwortet. Weshalb ...«

Ich habe sie empfangen. Aus welchem Grund hätte ich antworten sollen? fragte der Mund in der Tentakelkrone.

Ich wußte keine Antwort.

Die Insektenwesen haben unser Gepäck geholt und an Bord gebracht. –

Seit wir an Bord der fliegenden Barke sind, seit die Insektenmenschen, die keine Notiz von uns nehmen, im Fahrtwind kauern, die Fühler an den Rücken gelegt, seit der Vogelköpfige, die Arme über der glatten blauschwarzen Brust verschränkt, am Bug steht und Ausschau hält und der Mund der wabernden fleischigen Blüte mit uns spricht, wachsen in mir das Gefühl der Unwirklichkeit und die Furcht, mich in ihr zu verlieren.

Ich blickte Master Jack an. Sein Gesicht wirkte fremd, vom blauen Licht des Sonnensegels überflutet.

»Du glaubst, du träumst«, sagte er.

Ich nickte. Ringsum war Wüste, aber dahinter, keine tausend Schritte weit, begann das Wasser, in dem ferne Berge schwammen. Das Meer des Teufels. Natürlich war mir die Erscheinung vertraut. Ich wußte, daß es eine Luftspiegelung war, und doch waren alle meine Sinne in Panik. Das gespenstische Fahrzeug schwebte stöhnend im Wind, genau über dem Zentrum einer grauen Insel aus Licht, die sich vom Festland losgelöst hatte und hinaustrieb in einen bodenlosen Himmel, der in erwartungsvoller Reglosigkeit erstarrt war und in dem sie, kleiner und kleiner und kleiner werdend, sich schließlich auflösen würde.

»Master Jack«, keuchte ich und bedeckte die Augen. »Hilf mir!«

Die Vision wollte nicht weichen. Die fleischige Blüte wogte und waberte. Der Vogelköpfige wandte sich nach mir um. Ich sah zum ersten Mal seine Zehen. Sie hatten keine Nägel, sondern gekrümmte Klingen wie aus geschliffenem blauen Stahl.

Ich fiel zurück auf das erschauernde Schildpatt des Schifftiers, das augenblicklich unter meinem Rücken seine Form veränderte, ich spürte den hämmernden Puls der Barke und starrte hinauf in den leuchtenden, flatternden Himmel des Baldachins, während mein Bewußtsein schwand und die schrumpfende Insel meines Selbst von ringsum herandrängender Dunkelheit überflutet wurde.

AUS DEM TAGEBUCH VON MASTER JACK *12. September 2036*

Die Rasse des Voyageurs umfaßt nur einige tausend Individuen, die jedoch ungewöhnlich stark ausgeprägt sind. Sie sind auch nicht von irgendeiner bestimmten Form, sondern machen verschiedene Generationswechsel mit Daseinsformen im Wasser, auf dem Land und in der Luft durch, die sie von einem gewissen Alter an bewußt steuern können, so daß sie beliebige Körperformen annehmen, wie es der Augenblick erfordert. Durch eine hochentwickelte Technik des Klonens und der Genmanipulation sind sie praktisch unsterblich, und durch ihre mentale Begabung sogar in der Lage, mehrere Körper gleichzeitig zu bewohnen.

Bald nach ihrem Auftreten in der Entwicklungsgeschichte ihres Planeten haben sie es verstanden, alles Leben ihrer

Welt als Biomasse zu benutzen und für ihre Zwecke umzuformen. Vom täglichen Gebrauchsgegenstand bis zum Fahrzeug besteht alles aus genetisch veränderten Lebewesen, deren Form und Funktion dem jeweiligen Zweck angepaßt sind, ihren Biotanen.

Diese hochentwickelte Kunst der Genmanipulation prädestiniert sie in idealer Form zur Raumfahrt. Es reist lediglich der Teil des Gehirns, der das Ich beherbergt, mit den Speicherzonen der tiefen und prägenden Erlebnisse des Individuums, die dieses Ich konstituieren. Alles andere an Bord ist Biomasse: Genmaterial zum Aufbau eigener Körper und von Milliarden identischer Klone, die als Hilfskräfte gebraucht werden.

Wie Wappentiere als heraldisches Kennzeichen, so führen die einzelnen Voyageurs ihre speziellen Biotane mit sich, mit denen sie sich umgeben. Oft sind es phantastische Konstruktionen, biologische Kunstwerke, ganze Biosets, die in ihrem Zusammenwirken genau aufeinander abgestimmt sind, sich ergänzen und Minibiosphären mit eigenen Nahrungsketten bilden. –

Dies also ist der Palast des Sternfahrers, des Voyageurs, wie er sich nennt. Ich blicke die weißen Mauern entlang, die sich weit hinein in die Nacht erstrecken, das Gewirr der Gänge aus Schaum und Gespinst, das tief in die Erde hineinreicht und in dem Tausende und Abertausende seiner Insektendiener wimmeln, um zutage zu fördern, was in der begrabenen Stadt zu finden ist. Biotone seien dies, sagt Master Jack, künstlich gezüchtete Tiere und Halbmenschen.

Vor meinem Gemach steht ausdruckslos eines dieser stummen schönen Wesen in seinem braunen Panzer und blickt mich mit seinen sanften und so verletzlichen Augen an. Es scheint jeden meiner Wünsche zu ahnen und eilt sofort davon, um ihn mir zu erfüllen. Vielleicht liest es meine Gedanken, wie der Sternfahrer die Fragen von Master Jack liest und ihm die Antworten in den Kopf schickt.

Es ist angenehm kühl hier im Gespinst, und ob es Tag ist oder Nacht, die Wände der Gänge und Kammern glimmen in einem Licht, als wären sie durchsichtig und der helle Himmel stünde dahinter.

Aus dem Tagebuch von Master Jack *19. September 2036*

Vor 6000 Jahren ist ein anderer Voyageur hier gescheitert. Der Grund ist unbekannt. Das Schiff, das im Orbit wartete, hatte er so programmiert, daß es automatisch sich auf den Heimweg machte, wenn er nach einer bestimmten Zeitspanne sich nicht meldete. Es ist ohne ihn zurückgekehrt. Daraufhin ist Ka-ten aufgebrochen, um sein Bewußtsein und sein Wissen zu bergen, denn er war 30 000 Jahre lang durch unerforschte Gebiete der Galaxis gestreift. Sein Gehirn muß unermeßliche Schätze an Informationen bergen.

Der effizienteste natürliche Informationsträger ist das Gen. Für die Erinnerungen und das Bewußtsein hatte die Natur noch nicht Zeit genug, geeignete Methoden der Mikrominiaturisierung zu entwickeln. Dazu sind bei allen höherentwickelten Lebewesen allemal noch vergleichsweise riesigen Raum beanspruchende Bereiche des Gehirns mit seiner elektrischen Speicherkapazität vonnöten.

Nach diesem Gehirn sucht der Voyageur.

Als Ef-re sah, daß er gescheitert war, stand er vor dem Problem, sein Ich zu retten. Er mußte dafür sorgen, daß sein Gehirn überdauerte, bis ein anderer Voyageur ihn finden und sein Ich wiederbeleben konnte, indem er es in einen Mon übertrug. Es kann sich nur unter einer dieser großen steinernen Zeitmaschinen befinden, die er hat bauen lassen. Nur dort hätte es eine Chance, über Jahrtausende hinweg alle Kriege und Naturkatastrophen unzerstört zu überstehen.

»Aber weshalb hätte er so viele bauen sollen?«

Eines dieser Gebilde ist aus dem All nicht ohne weiteres als Artefakt auszumachen. Zwei könnten noch eine Laune der Natur sein. Drei – in geometrischer Reihung – niemals. Jeder Voyageur wird über Lichtminuten hinweg das Zeichen richtig deuten.

»In diesem Land wurden Dutzende von Pyramiden gebaut. Die meisten stümperhaft und unansehnlich ...«

Das beantwortet deine Frage. Es wird unter den Einheimischen, die er sich geschaffen hat, Nachahmer gegeben haben. Vielleicht hat er sich einen einheimischen Klon geschaffen und mit Menschen Nachkommen gezeugt. Die könnte er gelehrt haben, wie man sein Genmaterial und sein Ich bewahrt, um es in die Zukunft zu retten, wenn man gescheitert ist. Er könnte sie gelehrt haben, daß man das Genmaterial in den Zellen durch Mumifizierung fixieren kann, damit es nicht zerfällt. Daß das Gehirn, aus dem Schädel herausgelöst, besonders sorgfältig aufbewahrt werden muß. Aber nach seinem Scheitern wird das Wissen pervertiert sein oder ist nicht mehr verstanden worden. Die Vogelköpfigen, denen diese Aufgabe ursprünglich zufiel, starben aus und wachten nur noch symbolisch über den Kanopengefäßen, in denen das Gehirn und die inneren Organe der Toten verrotteten, und sie meißelten den ›Sternennamen‹ des Toten in den Sarkophag, den ›Namen des Unvergänglichen‹, der längst der Vergänglichkeit anheimgefallen war. –

Ich durchstreifte das Labyrinth des Sternfahrers. Während es draußen Nacht war oder die Sonne herniederbrannte, war das Licht im Innern des Gespinstes gedämpft, leuchteten die Wände selbst. Ein Luftzug durchstreifte die Gemächer und Gänge, die Säle und Kammern, die allesamt etwas Unfertiges hatten, wie auf Vorrat angelegt, um bei Bedarf fertiggestellt zu werden.

In allen Gängen war ein ständiges raschelndes Kommen und Gehen. Mit stummer Emsigkeit wimmelten die Insektenwesen hinab und hinauf. Sie empfingen über ihre Fühler die Befehle der Vogelköpfigen und strebten mit einer Zielsicherheit und Schnelligkeit dahin, die mir angst machte. Sie brachten Gegenstände aus der versunkenen Stadt herauf, die vermessen und aufgezeichnet wurden, Kunstwerke, technisches Gerät, alles was ihnen zu wissen und festzuhalten wert erschien.

Ich war in der Zentrale des Palastes, wo die Vogelköpfigen zwischen speziellen Biotanen und Geräten aller Art saßen und von wo aus ein ständiger Datenstrom hinauf ins Schiff floß, das sich über uns im Himmel befand. Ein Summen wie in einem Bienenhaus erfüllte die Säle, Lichterzonen flammten auf und erloschen wieder, Trauben von Speicherkristallen wechselten die Farbe, wenn ihr innerer Aufbau sich wandelte, Wissen sich in sie ergoß oder entnommen wurde, um Platz für neues Wissen zu schaffen.

Auch einen Raum voller Uhren entdeckte ich, die von den Insektenwesen aus der Stadt zusammengetragen wurden. Es war eine Sammlung der kuriosesten Zeitmesser, die jene im Königspalast von El Fascher bei weitem übertraf. *Wenn du den Stand einer technischen Zivilisation bestimmen willst,* sagte der Voyageur, *dann bestimme den Stand ihrer Uhrentechnik.*

Manchmal meinte ich schon, auf meinen Streifzügen Menschen zu begegnen, aber stets waren es nur Vogelköpfige, die sich zu irgendwelchen wissenschaftlichen Zwecken in Gespinste gehüllt hatten, die aussahen wie prächtige alte

Gewänder. Zuweilen waren ihre Augen durch komplizierte Linsen ersetzt, die wie Master Jacks Fernglas aussahen und beliebig ausgewechselt werden konnten.

Einmal sah ich mich einer jungen Frau gegenüber, die reglos dasaß und mich gedankenvoll anblickte, das Kinn in die Hand gestützt. Ich dachte erst, ich hätte sie erschreckt, und wollte ihr beruhigend die Hand auf die Schulter legen, doch zu meinem Entsetzen sanken meine Finger durch sie hindurch. Die Frau war nur eine Figur aus Licht, durch die man hindurchgehen konnte. Ihre Augen sahen aus wie runde durchsichtige Gläser, und hinter ihnen war ein Feuerschein wie aus einer Esse.

AUS DEM TAGEBUCH VON MASTER JACK *28. September 2036*

»Aber wie konnte er scheitern?« fragte ich den Allgegenwärtigen. »Bei seiner Fähigkeit, Leben zu manipulieren, müßte er doch auch hier unsterblich gewesen sein.«

Das wird er uns sagen müssen, sobald wir ihm wieder zu Bewußtsein verholfen haben. Ef-re war immer ein Spieler. Er ging unnötige Risiken ein und handelte nicht selten leichtsinnig. Es könnte sein, daß er sich durch eine Unachtsamkeit von seinem Schiff abgeschnitten hat. Seinem Gepränge widmete er mehr Aufmerksamkeit als seiner Sicherheit. Er hatte eine besondere Vorliebe für bizarres Genmaterial. Er führte in seiner Biomasse Geschöpfe mit sich, die zu nichts anderem taugten, als Eingeborene zu beeindrucken. Wenn er eine Welt betrat, so geschah dies mit dem farbenprächtigsten Pomp, der sich überhaupt entfalten ließ. So muß es auch hier gewesen sein, denn man stößt überall auf Darstellungen seiner grotesken Biotanen, mit denen er die Eingeborenen nachhaltig beeindruckt zu haben scheint.

Ich begnüge mich mit zwei Händen: den Arbeitern, die ich

aus einer sehr alten und universell anpassungsfähigen Insektenrasse herausgezüchtet habe, die bereits seit 500 Millionen Jahren über eine hohe technische Zivilisation auf einfachsten Grundlagen verfügt, und den Wächtern, einer ideal geschneiderten Hybridform aus ursprünglich verschiedenen Rassen, die jeder Voyageur in seiner Biomasse mit sich führt. Sie zeichnet sich durch rasche Auffassungsfähigkeit aus, die es ihr erlaubt, in Sekundenschnelle mit jeder biologischen oder elektronischen Intelligenz in direkten Gedankenkontakt zu treten oder sich mit ihr zusammenzuschalten, um rasch ein Maximum an Informationen zu gewinnen und zu verarbeiten. Wenn ich mit dir in Kontakt trete, dann geschieht das immer über einen dieser Biotane.

Ich blickte den Vogelköpfigen an, der mich stets begleitet.

Ist es immer derselbe? –

Mitten in der Nacht erwachte ich durch eine Unruhe, die den gesamten Palast zu beherrschen schien. Ich ging in Master Jacks Gemach, doch er war nicht da. Er kam aber kurz darauf und berichtete aufgeregt, daß man das Gehirn des gescheiterten Voyageurs gefunden habe. Es sei unversehrt.

AUS DEM TAGEBUCH VON MASTER JACK *14. Oktober 2036*

Nun, da das Gehirn Ef-res gefunden ist, rüstet der Allgegenwärtige zum Aufbruch. Die Speicherkristalle an Bord des Mutterschiffs sind unersättlich. Sie stapeln auf kleinstem Raum alles Wissen, das die Biotane aus den verschütteten Museen herausgeholt haben.

Selbstverständlich ist ihm mein Wunsch, ihn zu begleiten, nicht verborgen geblieben. Aber wie sollte das möglich sein? Er reist lediglich als Gehirn, läßt alles hinter sich zurück. Er kann sich jedwede Gestalt aus dem mitgeführten Genmaterial erschaffen und mit einem Minimum an Masse reisen. Welch eine phantastische Speicherkapazität an genetischen, chemischen und elektrophysischen Informationen auf engstem Raum!

Wenn du einen Schritt nach vorn tun willst, mußt du alles Verzichtbare entschlossen hinter dich werfen. Das ist das Gesetz des Antriebs, das überall im Universum gilt.

Was ist an mir ›verzichtbar‹?

Fast alles. Bis auf Teile des Gehirns, Bruchstücke der Großhirnrinde. Sie sind beliebig formbar. Es bietet technisch keine Probleme. Nur würdest du, der du hierbleibst, das Gefühl haben, als blicktest du durch zwei Fenster deines Bewußtseins gleichzeitig, während dein wahres Ich sich von dir entfernt. Würdest du das wagen wollen? Sag nicht leichtfertig ja! Nur des Abenteuers wegen. Du könntest es bald bereuen. Es ist ein Wahnsinn besonderer Art. –

Ich schlafe unruhig, seit ich weiß, mit welchen Plänen Master Jack schwanger geht. Ich sehe ihn nur noch selten. Er ist entzückt und redet wirr. Sei bereit, »alles Irdische abzustreifen«. Ich sehe Gespinste vor mir, in denen Millionen Master Jacks stumm durcheinanderwimmeln.

»Dies ist der phantastische Irrgarten einer fremdartigen Technologie«, schwärmte er begeistert. »Einer Technologie der Biologie und der Parapsychologie.«

Wann darf ich diesen Irrgarten verlassen? Ich sehne mich nach Menschen. Der Palast des Sternfahrers ist tatsächlich wie ein Gespinst. Jede Regung wird weitergeleitet, wird irgendwo wahrgenommen, löst eine Reaktion aus.

Wir haben eine weite Reise durch wenig erkundetes Gebiet vor uns. Wir haben viel Zeit, um die Daten, die wir an Bord genommen haben, zu analysieren. Du könntest mir dabei eine Hilfe sein.

Ich bin bereit.

Es hat immer wieder mystische Spekulationen gegeben über ein Geisteswesen, das entkörperte Ich, die geflügelte Seele. Das ist Unsinn. Die enzephalographische Basis ist unverzichtbar, die aufgescheuchten Moleküle: das Gehirn, der elektrochemische Kurz- und Langzeitspeicher als biologisches Werkzeug der Auseinandersetzung mit der Materie, das Sensorium, das auf die Reize anspricht, die Lebensbedrohung und Lebenserhaltung signalisieren, das den ›Nervenkitzel‹ liefert, der sich hormonal manifestiert.

Ein Bewußtsein läßt sich nicht einfach duplizieren. Das Gehirn ist das Ich, ganz individuell und unverwechselbar geprägt durch das Leben, das Pergament der ›Summa‹ mit allen bewußten und unbewußten Engrammen, Schabstellen und Tintenklecksen.

Aber ich bin trotzdem bereit. –

Heute bin ich wieder in der Zentrale des Palastes gewesen. Sie ist völlig verändert. Die Wände sind durchbrochen worden, und hohe Fensterbögen geben den Blick frei auf bestirnte Himmel, in denen von Zeit zu Zeit ein Lichtschein aufzuckt, der düstere Staubnebel erleuchtet, in denen sich dunkelrote Sonnen verzehren. Im anderen Fensterbogen gleißen fremdartige Konstellationen, in denen gewaltige Sterne dicht beieinanderstehen, von denen einige durch vielfarbige Brücken aus Licht und dunkler Materie verbunden sind.

Die Zentrale ist leer. Die Biotane sind verschwunden. Es

herrscht Dunkelheit, und die flackernden Lichterscheinungen verstärken den Eindruck der Unwirklichkeit.

Wir sind durch die Vogelköpfigen zusammengeschaltet, sagt Master Jack. Mein Kopf ist in der Tat voller Vogelgezwitscher. Es sind verwirrende Laute, die ich nicht verstehe und die mich ängstigen, weil sie voller Angst sind. Der Zeitpunkt des Starts rückt näher. Die Nervosität wächst. Der Sternfahrer zieht weiter, die Biomasse bleibt zurück.

Bioschrott.

Weshalb schuf er diese Wesen stumm?

Sie leben in einer Welt, die noch weit schlimmer ist als die lautlose Welt Simones.

Ich habe geschworen, Master Jack bis an den Rand der Welt zu folgen.

Nun stehe ich am Abgrund.

AUS DEM TAGEBUCH VON MASTER JACK *19. November 2036*

Was ist dieser faustgroße Klöppel, der hinter meiner Stirn dröhnt und dröhnt? Subtil verdrahtet mit Stammhirn und Kleinhirn, plappert er Leben. Ein tönendes Etwas voll mit meinen Erinnerungen, wie ein Recorder mit der Stimme eines Toten, Schalleindrücke, die eine lebendige Zunge vorgaukelt, eine atmende Brust.

O ja, ich habe eine atmende Brust, einen sensibel von biomatischen Mikroprozessoren gesteuerten Blasebalg. Ja, und ein lebendiges Herz, das alle 0,8 Sekunden einen Impuls erhält, der es zum Kontrahieren veranlaßt und – systemimmanent und notwendigen Wechselprozessen gehorchend – ein übermächtiges Gefühl von *Leben* vermittelt. Ich habe ein biomatisch optimal gesteuertes Verdauungssystem, dessen Redundanz Wohlbefinden vermittelt, auch wenn dieser Klöppel, der mir von innen an die Stirn pocht, noch Schwierigkeiten hat, sich mit mir zu identifizieren. Ein raffiniert hormonalgesteuertes Drogendepositorium erleichtert ihm die schwierige Aufgabe. Denn wer bin ich denn schon?

Das ist gar nicht so einfach.

In meinen lichten Momenten weiß ich, daß ich nicht der bin, der zu den Sternen fliegt.

Ich bin das ›Verzichtbare‹ meiner selbst. Das notwendige lebenserhaltende System in der Wildnis. Der schäbige Rest. Auch wenn dies tönende Erz im Schädel nicht müde wird, mich meines Ichs und meiner Hoffnung zu versichern. –

Master Jack sagte mir, daß es sein letzter Wille sei, das, was von ihm übrigbleiben werde, zurück in den Süden zu begleiten.

Zusammen fahren wir flußaufwärts bei gutem Wind, zwischen den schaurigen Wänden aus dunklem Schlamm, in denen die Toten wohnen und ihren Tätigkeiten nachgehen. Sie nehmen selten Notiz von uns. Wir sind für sie Reisende, die in eine andere Welt zurückkehren, die ihnen verwehrt ist, aber der sie nicht nachzutrauern scheinen.

Ich erwachte und blickte durch die Fensterbögen der Zentrale, hinter denen unterm sternfunkelnden Nachthimmel die Wüste lag. Eine Hand lag auf meiner Schulter. »Wach auf, Beschîr! Der Morgen naht. Wir müssen uns auf den Weg machen. Bald wird das Schiff starten, und all dies hier wird ein Raub der Flammen werden.«

In den östlichen Fensterbögen lag dicht überm Horizont das zarte Grün der Morgendämmerung, wie man es nur an sehr klaren Tagen in der Wüste sieht.

Ich erhob mich.

»Bist du es, Master Jack?«

»Ich bin das, was von ihm übrig ist«, sagte er, und ich glaubte ihm, denn in seinen sonst so sonnenhellen Augen lag eine Dunkelheit, die sonst nur zwischen den Sternen ist.

Der Sternfahrer hat uns eine seiner Barken geschenkt, bemannt mit einem Vogelköpfigen und einem Dutzend seiner Insektenwesen, die reglos im Halbdunkel des frühen Morgens kauern.

Klirrend wirft sich das kräftige Schiff in die Luft und macht sich auf den Weg nach Süden.

Gegen Mittag erhebt sich hinter uns ein Brausen, und eine Lunte frißt sich ins Blau des Himmels hinauf.

Am Abend stirbt das erste Insektenwesen, und der Fahrtwind weht es über Bord. Wir gleiten über die Wüste dahin, und Master Jack sitzt im Bug, zusammengekauert. In seinen Augen ist Sternenlicht.

Am Morgen ist das Deck der Barke bedeckt mit leeren Insektenhülsen, abgebrochenen Fühlern und leeren Brustpanzern. Am Steuer lehnt, halb verwest, der Vogelköpfige. Ich fege die Chimären von Bord, wälze den stinkenden Vogelbalg zum Heck, werfe ihn hinterher und übernehme selbst das Steuer.

Aus dem Tagebuch von Master Jack *22. November 2036*

Ist dies meine Handschrift? Sie ist es. Aber ist es nicht doch die Schrift eines anderen, den ich nachäffe?

Es ist ein Wahnsinn besonderer Art.

Manchmal kommt es mir vor, als säße ich nicht im Bug der Barke, deren Steuer Beschîr führt wie ein geübter Fahrensmann, vielmehr als säße ich an einem Bogenfenster, das den Blick freigibt auf die Erde. Wie seltsam! Sie hat sich kaum verändert seit den Aufnahmen der Apollo-Astronauten. Welch eine Täuschung! Eine blaugrüne Oase in der Ödnis des Alls, die hinter uns zurückbleibt. –

Ich spüre das kräftige Herz des Schiffes. Es ist ein junges Tier mit einem kräftigen Herzen, das sich aufbäumt, klirrend gegen die Schwerkraft ankämpft und sich stöhnend in den Wind wirft.

AUS DEM TAGEBUCH VON MASTER JACK *Sternzeit*

Manchmal ist mir, als wäre ich nicht hier an Bord des Sternenschiffs, sondern an Bord der Barke, die Beschîr mutig durch die Wüste steuert, dicht über dem Grund eines Luftmeers. In der Tiefe meines Andrucktanks schwebend, nehme ich über meine Biosensoren wahr, wie die Sonne schrumpft. Dabei sehe ich dicht neben ihr Beschîrs Gestalt, die am Steuer lehnt, und sein dunkles Gesicht, das wachsam Ausschau hält nach vorn.

Wir beide sind dabei, das Sonnensystem zu verlassen. –

Ich steuere dieses Schiff, dieses Traumschiff, unter brennenden Sternen dahin, fliege durch Heuschreckenschwärme und hinweg über die Dünung des Sandmeers, hinweg über die Schindanger und Schädelstätten der Zivilisation, durch Dunkelwolken erloschener Hoffnungen und Leidenschaften, hinweg über Aschefelder, durch einen ausgebrannten Tag und wieder hinein in die Nacht und hinauf in die kühle Dämmerung, während ein Mond, kränklich wie eine verschorfte Orange, sich verzehrend Morgen für Morgen tiefer in den Tag hineintorkelt.

Dir zu Füßen, König, werde ich dieses Schiff, dieses Zauberschiff, auf den Grund des Meeres setzen, über das du gebietest, denn wie soll ich nach einem Navigator den

Kurs halten, der andere Sterne sieht als die, nach denen ich steuern muß, der im Bug hockt und nach Leuchtfeuern Ausschau hält, die weit jenseits unseres Horizonts liegen?

Dir, König, werde ich dieses Schiff, dieses junge kraftvolle Tier, das klirrend der Schwere trotzt und sich gegen den Wind aufbäumt, auf den Grund deines Meeres setzen, das selbst im Mittag lichtlos ist.

Ich hingegen muß, weitgereister Fahrensmann, der ich bin, erst die heimatlichen Gewässer neu erkunden, um nicht der Täuschung zu erliegen wie Odysseus, der sich wähnte, seiner Küste sicher zu sein, und an fremden Gestaden scheiterte.

Denn das ist das Problem: neue Wege zu suchen.

Und ich habe Furcht.

Nicht die kreatürliche Angst des bedrohten Lebens, sondern die Furcht des erfahrenen Karawanenführers, die dem Wissen entspringt, daß die A'alâm, die er sieht, ihm einen aufgegebenen Weg weisen könnten, dessen Brunnen längst versiegt sind.

EPILOG

Ein Ort wird mir zugewiesen im Reich der Toten.
Den geheiligten Geistern geb ich Befehle,
(Deren Wohnsitz verborgen)
Und den Dienern des doppelköpfigen Löwengottes.
Im Boot des Khepra-Gottes durcheil ich den Himmel
Loblieder singend; ein Lebenshauch ernährt mich
Und verleiht mir die magische Kraft.
Wenn ich im Ra-Boot durchfahre den Himmel,
Bereitet mir dieser Gott Wege und öffnet Geb's Pforten …
Und steige dann um in des Sonnengotts Boot;
An deiner Stelle durchsegl' ich die Häuser im Himmel
Inmitten des Geistergedränges, das ihn umringt.
Wahrlich, ich lebe alle Tage des Lebens; obwohl gestorben
Ich fühle mich strotzend voll Kraft und gesund,
Dem doppelköpfigen Löwengott ähnlich …

Papyrus Nebseni

Mount Darwin Observatory
25. Mai 2039
Report (Aufzeichnung)

MASON (B. v. D.): »Ich kann die Sensoraufzeichnungen jetzt verifizieren.«
STEPHENS (L. d. S. D.): »Bitte verifizieren.«

Mason: »Habe sieben Punkte auf dem Monitor. Kamera?«
Hardy (C.): »Hab' sie im Tele. Vier Pferde. Drei Menschen. Noch nicht eindeutig auszumachen.«
Mason: »Gebe Alarmstufe vier.«
Stephens: »Roger.«
Hardy: »Ein Mann, dunkelhäutig, etwa Mitte Fünfzig, einarmig. Ein junger Mann, etwa siebzehn, achtzehn. Beide führen die Pferde am Zügel. Ein Weißer, etwa … Mein Gott, ich hab' ihn genau auf dem Schirm! Es ist Jack … Jack Freyman! Schaltet den Zaun ab!«
Stephens: »Alarmstufe aufgehoben. B. v. D., Zaun abschalten!«
Mason: »Roger.«

Ich habe dies aufgeschrieben im Winter 2048 zu Mt. Darwin auf Bitten von Mr. Stephens und Dr. Hall. Während ich am Schreibpult stehe und Hazâz mir Tee eingießt, sitzt Master Jack am Fenster, tastet nach der Narbe an seiner Stirn und blickt durch die versetzten Pforten seiner Wahrnehmungen ins lichte Herz der Galaxis.

Ich habe es vor allem für ihn aufgeschrieben, weil ich ihn liebe, und für die Karawanenführer der Sterne, die mich das Lesen und Schreiben und vieles mehr gelehrt haben für unsere gemeinsame Zukunft.

Beschîr ibn Hassan el-Sadun
19. November 2048

Von

Wolfgang Jeschke

erschienen in der Reihe

HEYNE SCIENCE FICTION & FANTASY:

Der Zeiter · 0603328
(erweiterte Ausgabe 1978) · 0603328
Der letzte Tag der Schöpfung · 0604200
MIDAS oder Die Auferstehung des Fleisches · 0605001
Schlechte Nachrichten aus dem Vatikan · 0605025
Meamones Auge · 0605149
Osiris Land · 0607026

Als Herausgeber u. a. der Anthologienreihe
INTERNATIONALE SCIENCE FICTION STORIES:

Planetoidenfänger · 0603364
Die große Uhr · 0603541
Im Grenzland der Sonne · 0603592
Spinnenmusik · 0603646
Der Tod des Dr. Island · 0603674
Eine Lokomotive für den Zaren · 0603725
Feinde des Systems · 0603805
25 Jahre Heyne Science Fiction & Fantasy 1960–1985
SF Jubiläumsband: Das Lesebuch · 0604000
Aufbruch in die Galaxis · 0604001
Die Gebeine des Bertrand Russell · 0604057
Das Gewand der Nessa · 0604097
Das digitale Dachau · 0604161
Venice 2 · 0604199
Entropie · 0604255
Langsame Apokalypse · 0604325
Schöne nackte Welt · 0604380

⇨

L wie Liquidator · 0604410
Second Hand Planet · 0604470
Wassermanns Roboter · 0604513
Papa Godzilla · 0604560
An der Grenze · 0604610
Mondaugen · 0604660
Johann Sebastian Bach Memorial Barbecue · 0604697
Die wahre Lehre, nach Mickymaus · 0604747
Das Blei der Zeit · 0604803
Der Fensterjesus · 0604880
Die Menagerie von Babel · 0604920
Die Zeitbraut · 0604990
Lenins Zahn und Stalins Tränen · 0605055
Gogols Frau · 0605090
Die Pilotin · 0605160
Die Straße nach Candarei · 0605275
Partner fürs Leben · 0605325
Riffprimaten · 0605390
Die Verwandlung · 0605495
Die säumige Zeitmaschine · 0605645
Die letzten Bastionen · 0605880 (in Vorb.)
Die Vergangenheit der Zukunft · 0605950 (in Vorb.)
Winterfliegen (in Vorb.)
sowie
Das Auge des Phönix
Science Fiction aus Deutschland · 0604235
und

HEYNE SCIENCE FICTION JAHRESBAND
1980–1997

sowie

DAS HEYNE SCIENCE FICTION JAHR
1986–1997